백 년의 내간체

시작시인선 0484 백 년의 내간체

1판 1쇄 펴낸날 2023년 9월 18일
지은이 이정모
펴낸이 이재무
기획위원 김춘식, 유성호, 이형권, 임지연, 홍용희
책임편집 박예솔
편집디자인 민성돈, 김지웅, 정영아
펴낸곳 (주)천년의시작
등록번호 제301-2012-033호
등록일자 2006년 1월 10일
주소 (03132) 서울시 종로구 삼일대로32길 36 운현신화타워 502호
전화 02-723-8668
팩스 02-723-8630
블로그 blog.naver.com/poemsijak
이메일 poemsijak@hanmail.net

ⓒ이정모, 2023, printed in Seoul, Korea

ISBN 978-89-6021-730-0 04810
　　　978-89-6021-069-1 04810(세트)

값 11,000원

*본 도서는 2023년도 부산광역시 BUSAN METROPOLITAN CITY, 부산문화재단 BUSAN CULTURAL FOUNDATION 〈부산문화예술지원사업〉으로 지원을 받았습니다.

백 년의 내간체

이정모

천년의
시 작

시인의 말

독자에게 걸어가는 한 걸음 한 걸음이 오체투지였다
좀 더 다른, 나만의 시로 가는 길에는 나귀도 마방도 없었다

단 한 줄의 시라도 배를 깔고
나는 가난한 자에게 경배할 생각이다

끊임없이 질문을 던지는
눈 덮인 매리설산

너는 어디서 왔느냐?

그러나 생각만 앞서간 시여!
이젠 나를 이 길에서 풀어 다오

차 례

시인의 말

제1부

제2부

제3부

제1부

내 영혼의 멱라, 태화강에는

에고, 나 영혼을 잊고 살았네, 상기도 설레는 기억의 강
에서 맑고 깨끗했던 그 영혼을 찾았네, 나, 홀로 산 영혼을
꺼내 그 첫 장을 넘기네 반짝이는 은모래에 맞춰 운슬 알알
이 일어나는, 두근대는 동네가 살며시 얼굴을 쳐드는 태화
강 변, 거기서 말이네

그러니까 내 인생의 봄은 야반도주 같은 것이어서, 울산
방어진 할매 집 가는 길 모래톱으로, 밤하늘의 별들이 몽땅
짐 싸들고 내려오기도 한다네 그런 그 강에 물소리 있어,
오늘도 금빛 햇살과 몸 섞은 난봉을 누설하고 있을 것이네

어디 갔다 오는 길인지 지금은 기억도 없지만, 내 몸의 본
적지, 전하리 가는 철길은 오후의 햇무리 사이로 나른함과
졸음이 이승 끝인 양 길게 누워 있었네 철교 위를 걷다가 기
차를 만나 피난구로 숨는 아이가 보이고, 귀 막고 기다리다
발견한, 반짝이는 태화강이 목화솜같이 부드럽게 뒤척이던
건, 비탈에 선 나무 같은 아이가 안타까워, 그리 자꾸 몸을
뒤집었던 것 때문인지도 모르네

그렇게, 속속들이 놀란 가슴 보듬고 돌아와 할매 집 사립

을 열면, 뒷마당 대숲 바람 마디마다 푸른 춤은 간청할 게 무에 그리 많던지, 마당귀에 달아 놓은 감꽃을 오래 흔들었다네 그런 밤이면 할머니 전설 얘기에 덧댄 뒷산 여우 울음소리에 꼬마는 얼마나 쫄았으며 동그란 눈과 쫑긋 세운 귀에다 샛강 흐르는 물소리는 또 얼마나 오만하게 쏟아붓던지 하, 그런 소란 속에서도 떨어진 눈꺼풀은

일어날 줄 모르고 영화 필름 돌듯 아침이 오면 실개천 피리와 버들치는 왜 날 불러내어 한낮을 몽땅 까먹게 만들었는지, 또 여름 한철 소낙비에 젖은 옷으로 집에 돌아오면 하늘에서 떨어진 미꾸라지는 어떻게 아직도 남아 꿈틀거리고 있는지, 오늘도 그날처럼 비바람 불고, 나는 아직도 그 연유를 모르는데,

아아, 내 영혼의 몃라, 태화강은 내 한평생을 그렇게 기억 속을 흘러 흘러, 그 강이 물푸레나무로 길게 누워 들을 잠재울 때 유년의 촛불을 흔들어 보는 사람, 그 빛이 밝혀 올리는 풍경이 기억에 뿌리를 내린 것 아니라면, 또 무엇이 극빈을 다독이며 살아왔기에 내 영혼을 여기 샛강 물소리로 서서 흔들어 대는지,

>

그러나 내 영혼이 삶으로 흐려지면 강 색도 어두워지고, 그 옛날 굴원이 개혁에 실패하고 몸을 던졌던 멱라강 그 사연까지 멱살을 잡고 있어, 나는 아득하여 너에게 닿을지 모르겠구나

수면水面이 기억의 동네 하나를 통째로 걸어 잠근 내 영혼의 멱라, 태화강의 살점들이 흰옷을 입고 춤추는 그곳에 가면,

폐사지

수많은 단서들을 두고 시간은 떠났다

여기에 주춧돌만 남기고
여기에 그 많은 귀만 남기고
이곳에 햇볕만 남기고
이곳에 아련함만 남기고

내 가슴이 모두 가지라고,

나는 곧 떠나는데

가고 없는 시간을 돌려세울 수도 없는데

생도 멸도 없는 것은
표정도 구별 못 하는 것일까

이것은 있다가 없어진 시간의
부재를 내 가슴에 들이는 일인데

나는 어쩌자고 힘없이 버려진 것들에게

슬픔이란 말을 건네고 있나

발 딛는 곳마다 먹먹한 역사의 파티

하, 절명한 세계의
영원히 은폐된 아름다움은 실패다

끝은 한갓 남루일 뿐인데

왜 이 공간은 내 눈에 상처로 머물려 하는가
시간은 언제 어디서나 또 같은 짓을 할 건데

물의 나이테

물은 나무보다 고수다
나무는 제 몸에 나이테를 새기지만 물은 제 맘에 나이테
를 기록한다

물의 마음을 보려면 돌을 던져 보면 안다
둥글게 번지다 다시 감추는 나이테

저 수만 년도 지난 나이테는 소리 없는 레코드다
물속의 비늘들이 듣고 물풀과 돌도 눈 떠서
전해 오는 물의 파동과 조용히 소통했을 것이다

언제부턴가 두드려야 열리는 내 마음도
물의 유전자를 닮고 싶었지만
감추는 데 서툴기만 해서 항상 들키는 하수였다
오늘도 콩알 같은 마음이 튀어나와
참새에게 콕콕 찍어 먹히다 돌아왔다

그뿐이랴, 나무는 매일 땅 한술 뜨실 때마다
땅속의 물과 벌레의 사연을 둥글게 적어 나간다
제 몸 모두를 공책으로 무단히 내어 주는 것이다

어느 나무가 비와 햇살을 공으로 받고 그냥 있으랴
선물을 받았으니 몸을 내어 준 것이겠지

아! 나는 물과 나무에 인도되었으나 끼어들지 못하고
기웃거리다 지친 몸이 저녁에 먹혀 소화되고 있는데
나는 언제 저 물 같은 숙성을 내 몸에 새길까

바람이 갈대로 물의 몸에 바늘을 꽂고
물결 음반을 돌리다 떠나면
새 떠난 밤이 조용히 나이테를 듣고 있다

숲은 설계되지 않는다

　해 질 무렵 새 숲에 도착하니 고요는 차올라 오고 대기는 소리 없이 침식 중이다 우산을 펼친 듯 둥근 평화는 숲속을 조금씩 채워 가고 깊이 들어갈수록 영혼의 소리는 더 가깝게 느껴진다 이상하기도 하지, 이 숲은 내 마음에 긴긴 문장을 쓰는지 행복을 그늘로 키우는 것인지 나의 삶과 맞바꾼 신선한 미래가 내 앞으로 걸어올 것 같은데, 흔들리는 장래를 위해 스스로 죽어 가는 삶의 냄새는 나에게서 태어난 것이겠지 나는 오래도록 걸어와 여기에 이르렀으니 초록을 만드는 데 한 번도 실패한 적 없는 생명의 근원, 햇볕을 지고 출발해 지도에 없는 꿈의 왕국에 도착한 것이다 성城의 깃발이 고개 숙여 인사하니 나도 새로운 종을 심어 숲을 바꿔가야 하는데 환경은 예전 그대로였고 숲이 조금 흔들리는 것을 느꼈을 뿐, 떠돌이가 흘러들어 왔다는 느낌 외에 변한 것은 아무것도 없었다 따라오던 햇살이 사라질 때 어디선가 나타난 어둠이 노을과 함께 뒤를 돌아보았고, 바람은 진실처럼 무용하고 최선을 다한 것들이 숲속으로 가라앉아 사위가 깊어지니 저녁은 하루가 내려놓은 숨을 수습하려고 낮게 내려온다 대기가 새처럼 가벼우니 이런 숲이라면 오늘은 침묵의 무게도 다 내려놓고 보고 싶지 않은 진실도 직시할 용기를 가지렴, 공중의 소리가 들릴 것 같다

>

나는 아무래도 간절함이 사라진 우산일까? 비 그친 하늘 자리는 거짓말 같아서 지상의 빗소리에 관하여 말하지 않는 한, 생의 어느 굽이가 놓쳤던 햇살을 볼 수 없을 것 같다 그러나 이곳에는 나뭇가지 사이로 볕이 들었지만 울부짖는 소리는 들리지 않는다 어쩌면 숲의 끝에서 햇볕을 몰고 가는 고요는 고백이 잠긴 호수일지 모른다 아아, 얼마나 많은 물결을 흔들어야 숲이 원하는 꽃의 문장은 태어나는 것일까 온갖 새소리도 이 세계를 끌어당겨 허공을 팽팽하게 긴장시켰으리 하지만 내가 할 수 있는 일이란 고작 식물의 왕국을 좋아해서, 예컨대 기적같이 꽃가루가 도착한 암술처럼 새로운 세상이 열리는 것을 기대하는 것이리라 열망 속에서 떨고 있는 언어의 숲이란 어차피 우리가 심은 희망의한 종류 같은 것, 아주 다른 모습으로 오지만 혁명까지는가지 못한, 폭풍을 기대하는 바람의 모습이겠지 매일 다른 표정의 숲속을 걸으며 모자란 것들의 목소리에 대해 생각할때 문득, 숲이 붙들어 간직한 빛의 힘살 같은 것이 살며시손 내밀며 말했다 나는 거짓 위로로 적당히 하지 않아 상처투성이 문장이 되었다 당신도 이제는 링거 바늘을 뽑고 숲의 바다로 헤엄쳐 와야 할 때야 특히 삶을 조심해, 그렇지,나는 나뭇잎들의 목소리를 빌려 이 성城에 푸른 문장을 심고자 했던 사람, 내가 예민해진 것일까 아니면 바람과 숲의 변신일까 확인할 길은 없지만, 숲에서 생각을 씻었으니 숲을 보는 시력이 좋아질 거라는 말은 들은 것 같다 혹시, 암술만큼도 기다림의 의미를 모르는 자신을 깨닫고 나서 흔들린 것은 나였는지도 모른다 삶이 뜻대로 되지 않고 힘들었겠지 그때 새소리가 영혼의 길잡이면 좋겠다고 말하는 숲의 말이 들리는 것 같았는데, 다시 말해, 겨울 가면 입춘 지나 우수 경칩이 오듯 차례차례 의심의 길은 가고, 다른 숲을 찾을 필요가 없게 되었을 즈음 숲이 흔들린 것은 사욕을 숨기고 다가온 사람들의 변곡점이 내게 닿은 까닭이었고, 욕망의 껍데기만 기억하다 제 죽음이 오는 것도 모르는 작가에게 빛 같은 언어는 없다는 숲의 말을 들었다는 소리지 또 공간만 점령하고 있다가 시간에 밀려나는 독재자의 권력처럼, 이 소요 또한 숲과 함께 언젠가는 사라질 것이라는 말도, 그러나 보이지 않는 것이 마음을 움직이게 하는 기술을 가진 숲, 여전히 나를 꿈꾸게 하지만 설계되지 않는 숲은 어쩌면 이 생生을 견디게 하는 힘인지도 모른다 저기 좀 봐, 숲에 빚진 자들아! 숲의 살을 다 파먹고 하늘로 올라가 지상에는 없는 그것, 빚과 벗하여 살 멀쩡한 사람들이 이 숲을 가리켜 학림學林의 숲이라 부를 것을 상상하는 새 한 마리를,

굴무기

어쨌든 견뎌 보자, 내가 흔적도 없이 사라질 리 없다 끝까지 살아남아 변신의 끝을 보자 숱한 날들을 서서 보내고 바람의 연모를 모른 척 여기까지 왔을 텐데, 이젠 앉은 채 기억으로 남겠어요, 죽음은 다 뜻이 있다고 중얼거리는 나무 이렇게 많은 귀가 다 나의 것인데 왜 내겐 입이 없을까? 백록담 아래의 모든 기록을 무늬마다 쟁여 놓고 물끄러미 바라만 보는 나무가 있다

여기 한 무리의 햇볕이 있어 제주의 느티나무를 찌르며 들어간다 들어간 햇살은 슬픈 화살, 성장이라는 절벽에 위태롭게 박혀 있다 햇살의 무리 중 누구도 빠져나오지 못하고, 빛은 촘촘하고 단단한 목재가 된다 화산의 토양에서 자라나 불의 혈통을 받은 굴무기의 단호함이 얼마나 깊은지 빛을 몸으로 갈무리하며 말한다 괜찮아요, 우린 다시 새 몸을 갖게 될 거예요

소멸하는 얼굴을 환하게 바꾸며 죽어서 사는 것들, 그러니까 생을 갱신할 줄 아는 굴무기는 이미 죽을 때 알았다는 증거겠지 내가 사는 진정한 힘은 죽어서 나온다는 것과 죽어도 잊지 않겠다는 다짐은 산 자의 가슴에서 다시 꽃 필 것

임을, 하지만 굴무기가 그냥 살아날 리 없다 목숨에 볕이
든 것이고 살리고 싶은 자의 도움이 있었다는 말, 굵어진
손가락 마디로 죽음을 가까이 두므로 죽음을 이기려는 제
주 사람 양승태 소목장, 그는 오늘도 생명을 불어넣으러 간
다, 그러니까 시간의 발판을 딛고 무릎을 깎으러 가는 것이
다 오! 섭리에 반역하러 새벽 세 시에 출근하는 그는 희생을
모르는 장인이다 그러나 지금은 단지 나였던 가구들을 다시
바라볼 시간이 필요해서 대패와 톱과 망치로 가득 찬 이 책
을 이젠 덮어야 할지도 모른다지만 이유가 왜 없겠어? 손은
궁극을 더 이상 보지 못하니 절뚝이는 다리를 탓하랴, 그의
작업 때문에 어둠은 조금 줄어들었지만, 그사이 대팻밥은
자꾸 새 몸으로 태어나고 동트기 전 굴무기의 뜻을 받아쓰
는 무늬는 소목장의 마지막 서사네

　어제 접었던 페이지를 펼치는 그는 한 점 그림자도 없는
바람을 씨 나비라 불렀는데 도대체 얼마나 많은 수심이 지
나갔는지, 정지 화면 같은 오늘을 켜면 마음이 가난한 나비
떼들이 날아오르고, 작품에 눈을 두고 사는 오래된 느티나
무들과 오! 가여운 사람들, 제 목숨을 무기로 싸우다니, 더
이상 두려움과 눈물은 굴무기의 현신이 아니네 그러나 탈

탈 털어도 먼지뿐인 사상에 사냥당한 비명은 들리느냐 오, 꿈의 탯줄을 타고 흐르고 흘러 끝내 가닿을 약속의 땅 이름 없는 묘비명에 쓰고 싶은 말이 넘쳐 나는 곳, 굴무기는 제주의 진실이다

　섬이란 바다 건너 멀리 가는 철새들에겐 쉬어 가는 곳
　수십 년의 참음을 날개로 만들어 새들에게 길을 터 주는 공중도 있는데
　아아, 지우는 것으로 자유를 완성하려는 우리는 엎어진 무자년 사월을 새롭게
　볼 수 있을까 여독을 걷어 내며 다음 생으로 날아오르는 새 떼들을,

열쇠, 뼈로 만든

할머니가 제 속에 든 나이를 끄집어내어 하나씩 짚고 계단을 오른다 저녁이 제 속의 어둠을 길게 깔며 하루를 완성하려고 집으로 간다 세상에 던져진 자기만의 그늘들은 수많은 오늘의 재료와 헤어지면서 살아갈 것이다 떠나간 심장들은 어찌 되었을까 생각할 겨를이 없다 오래전에 버린 꿈은 무사하고 박동이 없는 밥 한술은 모든 걸 걸라 하지만 오늘도 몸 하나 받아 나온 존재들이 하염없이 뭔가를 안에 넣고 집에 가서야 개춤치*를 풀어 놓는다 삶의 그늘은 날로 깊어가지만 백 년을 눈물겹게 쓸어 주며 살아야 할 목숨은 흘러야 할 틈이다 눈물도 물이다 생명을 위한 한 끼는 절망과 기대의 반복을 흐르며 살아가기 때문일까 나의 허기를 보여 주지 않고 다른 인간들과 꼬리 치며 사는 한, 눈물은 사라지지 않을 것이고 만나고자 또 눈물을 흘릴 것이다 그러나 다른 것이 발견이다 설레는 것도 무너진 것도, 다 본심을 자물쇠로 채우고 돌아앉은 것을 오랜 뒤 알게 된 까닭이다 그러므로 뭔가와 진심의 살을 섞으려면 오롯하게 견딘 자신의 뼈로 만든 열쇠를 만들어 잘 보이는 섬돌 위에 두어야 한다 그대가 오시면 언제든지 들어오시라고,

* 개춤치: 호주머니의 경상도 방언.

관찰자 효과

순서는 돌아오고 삼차원은 몸살을 앓는다, 목련의 삼일
천하 세월의 방식이 남루해도 대비할 수 있는 것은 어디에
도 없다 빗소리의 가난 같은 것을 발견한 후에 더 깊어졌다
일을 치른 그 공허의 무게에 이끌려 한참을 쳐다봐도 한결
같은 비의 질서에 비해 염치없는 짓이다 한순간 꽃의 멸망
은 잊고 순백의 하루를 더 견딘들 빈집처럼 보이는 나무, 시
간이 떠나는 법은 바뀌지 않는다 뿌리를 내리고 싶은 것들
만 떠나려는 물방울에 모서리를 만들고 있다 손 놓고 은신
중인 내 사랑은 택도 없다 어눌한 다른 봄을 노리고 있다는
말도 틀렸다 운용할 눈을 못 찾고 삐걱거리는 관찰자만 있
게 한다 그러나 강물을 앞세우는 심정으로 다시 들으니 나
를 두드리는 가슴의 탁란을 듣게 되었다 이 소리를 들어 보
았는가, 이슬이 비친다는 말, 목숨이 살을 분별하여 세상에
내어놓는 방식 말이다 뿌리에서 올라온 물이 기어이 첫 봉
오리에 닿는 날, 하늘이 햇볕을 보내는 건 마땅하다 우주의
질서는 시간처럼 정확해 간 뒤의 순서가 온 것이지만 나는
늙고 격의 효과는 살아 있다

시간의 흔적들

흔적에 대해서 말하자면 물처럼 치열한 것도 없다

밤과 아침이 서로 몸을 바꿀 때,
사람과 사랑이 서로를 찾지 못할 때,
그때도 바다는 흰 눈사람을 안장에 태우고 물 위를 달리
는 것을 보았다

아무도 없는데 바다는 왜 구석으로 헉헉거리며 밤을 주
름잡고 있을까
숨이 찬 파도가 물 발자국을 데리고 바람처럼 가볍게
나를 통과하는 연습을 하는 것도 흔적을 남기려는 거다

같이 가자고 하지 않아 다행이다, 내겐 없는 시간과 물
그러나 나는 결국 바다에 갈 것이고

그 바다는 알 것 같아 몸과 때를 분리하는 신의 한 수를
물으니
살아간다는 것은 자기로부터 점점 벗어나는 것이다
고수의 초식 같은 말을 빙빙 돌려서 한다

>

비명을 물보라 몇으로 잠재우는 흔적의 왕국에서
파도를 맨 처음에 터트린 이여, 이런 방식밖에 없었는가

누구는 이를 꿈이 으깨지는 소리라 부르고
어떤 몸에는 그 날개가 구겨진 주름이라서 연인들은 새
처럼 운다
관절에 힘 뺀 빨래도 바지랑대를 잡고 운다

비 오는 날, 내 몸에서 삶의 흔적을 찾는 건 쉽다
몸이 뻐근하지 않으면 평소에 대한 예의가 아니라는 것

그 흘러간 시간도 격이 있다 그 격에 맞게
물에 젖은 것들이 흔적을 남기려 몸으로 붐비고 있다

바람은 묻지 않는다

　바람이 길을 업고 간다 길은 무게를 버리고 풀잎처럼 가
볍다 새벽의 환경미화원을 업고서도 씽씽 달리겠다 저녁은
잃어버린 소를 봉분 근처에서 돌려주는데, 어디로 갔을까
그리운 내 젊은 날의 길은, 생을 발품 팔다 생긴 울음은 상
처를 지나서 떨림으로 오고 눈물은 온몸을 물로 녹여서 뺨
으로 오고 있다 아뜩해라, 청춘의 상처가 몽땅 꽃으로 온다
해도 내 길은 자유롭지 않다 강박은 내 몸에다 무슨 짓을 하
였나 팔을 이따맣게 벌리고 세상을 들이고픈 적 많았고 이
제 아픔은 연민의 딱지가 되었으니 상흔은 여기가 아니고
그때라는 것을, 공중이 소리를 받아들이듯 모셔야 하는데,

　자세히 보면 안다지? 마음은 제 아픔을 숨기는 집이지만
정말로 자기를 보여 주고 싶으면 몸으로 시작한다는 것을,
이 말에는 춥고 황량한 인생길에서 삶을 알고 싶으면 같이
동행해 보라는 비의가 있다 갯벌에 빠진 사람은 어디든지
있다 아무렴, 슬픔은 잠시 있다 가는 것이라 한들 생의 어떤
길에서든 우리는 서로의 상처, 그 아픔으로 내가 낫는 소중
한 삶의 배려인 것이니, 단지 행동으로 침묵하라 마음이 말
하는 이 나라를 나는 무엇이라 불러야 하나? 삶을 벗겨 보
면, 생의 꼭 어느 대목에서는 약한 것이 강했으며 훈장 같

은 흉터는 스스로를 강하게 진화시킨 증거이고 상처를 묻은
봉분임을 나는 아는데,

　부모님은 나라는 나라 하나를 물려주려고 거친 바다를 데
려오고 또 삶을 가르치려 음력 보름사리도 모셔다가 생이라
는 갯벌에 닿게 하고, 그러나 어차피 뻘이 주인인 세상 아니
냐 그러니까 살다 보면 뻘 좀 묻는다고 생을 탓하지 마, 사
람의 평생이란 그럴싸한 뻘짓일 뿐이니 하루쯤 죽도록 사랑
과 뒹군들 뻘을 탓할 수는 없다는 것임을, 길을 모르면 길
을 잃을 일이 없다 해도 길은 기껏 몸을 내어 줄 뿐 언제나
삶의 출항을 기다리고 있다 오! 어떤 이유로도 바람은 길의
행방을 묻지 않는다, 길은 바람의 인연일 뿐 삶이 같이 가
야 할 항로가 아닌 걸 아는 까닭이다

백 년의 내간체

　정자를 지을 때 흙 한 삽도 퍼내지 않았다는 곳 이런 말
에는 고래가 있어 온돌의 구들장처럼 오래 드나든 불길이
보인다 사람에 초석을 둔 역사는 고작 문자로 남아 있겠지
만 자연이 비워 놓은 자리는 시간이 지나도 쓸모가 들어 있
는 게라고, 낙향한 몸은 정치보다 정자에 마음을 두기로 했
겠지 그보다 고향은 늙은 에미다 안기고 싶었겠지 아마 정
자는 여기서부터 시작했을 것이다 한양에서 금했던 것들을
모두 풀어 놓고 초입부터 청죽 댓바람 소리로 묵객의 발소
리에 운을 띄웠으나 계곡 물소리 외 무엇 하나 제대로 율을
맞추지 못하는데 시절도 모르는 매화야 너는 무엇으로 그리
당당하여 속 깊은 향기를 공중의 붓에 묻혀 백 년의 사연을
내간체로 쓰고 있느냐 내 몸이 뒷목까지 서늘한 걸 보니 대
숲에 부는 바람의 비질에 내 가슴이 관통되었나 보다 정자
는 붓을 놓는데 하, 글썽임의 보폭으로 착지하는 댓잎 하나
저것은 바람으로 머리의 붕대를 풀고 나는 새다 갈 데라곤
바닥뿐인 저 잎을 태연히 받아 주는 공중의 자세를 보니 저
것은 바람의 일이 아니다 나는 것들은 모두 떨어뜨리는 시
간의 일이다 그러므로 날개는 세월에 걸쳐 있는 백 년 전의
그 나비다 그러고 보니 대숲의 우듬지가 공중의 치마폭에서
꼬리 치고 내 눈은 옛날의 사관史觀에서 한 치도 빠져나오지

못하는 것 하며 공중에 길을 내는 바람과 어쩌다 들른 내 눈
이 하늘 아래 같은 영역에 있지만 범접할 수 없는, 이것은
고사故事를 영접하는 일 더욱이 어떤 형태도 보여 주지 않고
끊임없이 저항하는 이미지들의 행렬, 저 굴뚝의 연기는 오
래된 선비 정신이다 여기 그 정신이 그리던 묵화는 오늘 볼
수 없고 대숲을 몰고 다니는 바람의 손은 내가 볼 수 없지
만, 마음대로 하십시오 툭, 한마디 던지는 대숲이 머리 풀
고 평범한 민초에게도 사죄하는 집 그러나 그 옛날의 개혁
이 어치처럼 울고 있는 집, 이곳에 두고도 몰랐던 내 마음이
발견한 소쇄원은 울화가 치밀어도 매화 향 한잔으로 세월을
마시고 내간체로 쓴 연통을 읽고 있었던 것일지도 모른다
시간에 목매는 풍경과 사람들의 애처로움이여! 또 오늘 밤
음풍농월은 어느 주막에서 술 한잔으로 잠을 청하려는지,

소리의 힘

소리는 돌아오지 않는 새
공중을 타고 노는 지느러미다

악기도 없이 연주되는 선율, 그 가운데 꼬리 치고픈 것
은 물 위에,
순간을 살고픈 것은 목련꽃 봉오리로 드러날 것이다

어떤 파장의 드라마가 내 눈을 유혹한 것일까

날개도 없이 날아다니는, 저, 수많은 손(手)들
공중을 쥐락펴락하며 춤추는데
나는 뿌리처럼 한 발짝도 나아가지 못하고 출렁거릴 뿐
이다

나도 한때는 아무리 외쳐도 사람들이 듣지 않는다고 남
을 원망했으며
방향도 모르면서 소리만 문제 삼았다

작은 소리로 말해도 감동은 진심이 안다는 것을 몰랐던
내 삶은

그렇게 일렁이며 다른 세계를 견뎌 왔으나 이것은 내 안의 감나무에
또 다른 소리가 주렁주렁 달려 있다는 것을 모른다는 말이다

오! 밖에서 누군가 문을 두드리고 있다
그러나 어쩌나 나는 아직 나눌 가슴이 없고
적빈의 소리에 귀를 나누는 법도 모르지만

여기, 이것이 생인가 끈질기게 존재를 묻는 힘이 있다

국도 변 아스팔트에 말라붙어 반은 길이 된 기러기의 주검
악착같이 기다렸다가 몸이 없는 비행으로 환생했으니
이를 햇살의 힘으로 날아가려는 바람이라고 해야 하나

새소리 자자한 봄날, 어쩌자고 내리누르는 생명의 힘에 아픈 나는,
여전히 목련의 낙화에 지극할 뿐

사후死後가 없는 시詩 앞에서는 입을 다물고 산다

모래시계

생각이란 흘러가는 의식에 그물을 드리우는 일, 재수 좋은 날에는 다금바리도 올라와 어부임을 알게 했다 그러던 것이 한 바퀴 돌아 시간을 터득했고 비우면 아무것도 없을 머릿속이 성지임을 알았다 빈자리마다 견디고 있는 적막, 거기서 폭포 소리를 들었고, 생모가지 뚝뚝 꺾어 바치는 삶의 피 칠갑을 보다가 시간이 손을 묶으려 하자 벗어나려는 몸부림도 보았다 그나마 다행이다, 빗장을 질러도 알 수 있는 게 마음다워지는 것이고 모래도 때로는 마음이라는 손을 갖는다는 것이, 그리고 마음을 아무리 뿌려도 끝을 측량할 수도 없는 공중처럼 사색의 종점은 예측할 길 없는 수만 가지 길 위에 있었다 내가 가장 잘하는 일은 길 위에서 생각의 건달로 사는 것 하지만 길일을 잡지 않아도 되는 꿈이란 시간을 기웃거리다 탈탈 털고 간, 잠이 없는 나라, 이 밤도 잠 못 드는 것들은, 나처럼 모두 수만 길 위 있는 것인가? 무엇이 되든 탄생은 알고 보면 시작이 아니라 끼어든 것인데 하필이면 생각의 집을 두고 그토록 미래에 불을 댕기더니 묶음에 가두어 놓고 끝없이 감시하는 삶이 모래로 된 제 몸을 지우고 있었구나 봄볕은 이미 담금질을 마치고 꽃을 낙관했다는 소식을 들었으니 되었고 이제 봄은 시간의 문향文香으로 나를 이끌고 가겠지만 세상일에 관심 많은 모래 위 햇살도 나처럼 생각의 축제를 펼치는 걸 보네 고백하건대 아무리 빗장을 열고 마음의 손을 본다고 해도 사색의 끝은 인생의 모든 몸부림을 뒤집는 모래시계 생각의 통로를 지나야 여물어진다 제 운명이다 흐르는 순서가 남았지만, 시간의 가지에 열리는 열매의 품격이 다르다

두 개의 보따리

흔들리는 시외버스 안에서 장단 맞추는 보따리 두 개
친정 갔다가 돌아가는 신혼부부의 것이 분명하다
한 보따리 안에는 닭 한 마리, 또 다른 보따리 안에는 그
물로 싼 뱀
여럿 있다 며칠 전 뒷산에 쳐 놓은 그물에 걸려든 놈들이다
돈이 별로 없는 친정아버지가 딸을 위해 준비한 물목이란
게 달랑 이것
딸이 온다는 소리를 전해 준 며칠 전, 생각한 보따리는 오
늘 죽으러 간다

닭은 딸을 위한 것이고 뱀은 사위를 위한 것 같은데 어쨌
든 시골길은
버스들의 전쟁터, 흔들리며 가는 것은 모든 삶이 원정 떠
나는 방식이다

출정하는 젊은이들에겐 어쩌면 세상은 닭과 뱀들의 전쟁터,
뒷산이 남긴 뱀의 흔적과 뒷마당 닭발의 흔적 중 누가 승
자인가?
한 생이란 고구마를 삼키듯 왜 목이 메는지 알 수 없지만
결과를 아는 전쟁도 없어 자꾸 죄 없는 목만 멜 것이다

>

인간은 신이 사용할 물목, 당신은 어느 보따리 안에 있
는가?

할 일을 마친 보따리 두 개가 세탁기 안에서 돌고 있다
빨랫줄 위에서는 펄펄 살아날 것이다

이것마저 없었으면 어쩔 뻔했나?
풀밭 위를 지나는 바람은 죽어도 산다,
목숨에 대한 예의가 아니다

시간에는 거대한 손(手)이 산다

지금은 새 길을 내기 위해 공중을 빌리는 파도의 손(手)을 배워야 할 때다 물과 손잡고 꿈꾸는 게 삶이라는 것과 손가락 사이로 빠져나가도 다시 잡아야 하는 대화법, 그러니까 생과의 섞임 같은 것 말이다 세월에 잘 익은 바다는 차가워도 수많은 생명을 키우고 뜨거운 것들은 마음에서 먼저 죽는다 그러므로 세상의 모든 식은 것들아, 햇볕처럼 애쓰지 마라 파랑이란 우리 삶이 파도의 몸을 빌려 추는 춤사위다 누가 이 손발에 정을 대고 쪼아서 바람을 캐내고 있나 아아, 우리가 손짓 발짓으로 어린아이의 말을 하더라도 삶은 삶으로 계속되고 바람으로는 신열을 내릴 수 없다는 바다의 말을, 그리고 한이란 세상의 고통과 손잡고 노래하는 것이라는 말을 들을 때가 온 것이다

오! 시간을 잡고 떨고 있는 손이 탄차처럼 덜컹거린다 슬픔은 공중에서 탄가루로 날리고 기쁨이 바퀴로 굴러가 버려도 우리 안에는 새로 잡을 수평의 세상이 있어, 저울대 잡고 있는 팽팽한 내 영혼은 저, 수평선이 숨긴 손잡이임을, 들을 시간이 돌아온 것이다 아무렴, 결가부좌 끝없이 풀고 있는 저, 물의 우화등선과 조그만 짐승이 그렇게 공중을 잡고 울었던 것에 대해서, 그리하여, 행운도 불운도 모두 운

명이 되는 까닭에 대해서도,

　보라, 오대양 바닷물을 다 퍼내어 담는다 해도 감당할
것 중에 가슴만 한 그릇이 있던가! 자유란 우리의 밖에서
오는 것이 아니고 손을 통하여 만든다는 것을 가슴을 담아
야 한다 허리까지 웅크려 터지듯 말하는 저 파도의 울음에
는 넘치는 것이 없다 마지막 한 방울까지 공중에 찍힌 눈
물 자국을 만져 보지 않더라도 왜 손등의 힘줄은 붉게 불거
지고 허리는 굽어졌는지, 삶이란 왜 파랑주의보라고 하는
지 알겠다

　그 거친 물소리에 영혼이 떠나가는 자리 같던 거기, 나는
그 길이 들려주던 바닥의 이야기를 이해할 수 없지만 바다
는 저마다 다른 울음으로 말한다 피 냄새 나는 통일 또한 그
렇다 어깨를 감싸 주던 날개 같은 말을 들었을 뿐인데, 손
을 사랑하고 사람을 사랑하는 이의 오늘이 속울음도 힘이
된다고 속삭이는 애인의 숨결 같아서 좋았다 오, 우리가 입
을 꾹 다물고 살아온 인간의 존엄이 일어선다 비극의 수역
에서 꿈꾸던 수평선이 꽃으로 우뚝 선다

    >

    가지가 부러져 평화에 실패한 사람도 우뚝 일어서거라
참아도 또 참아야 할 생활을 외면할 재간 없으면 또 어떠리
과거의 슬픔은 미래의 슬픔을 규정할 수 없다 보라, 잔업이
없어도 야근하는, 살아 있는 자의 나라에는 피와 눈물을 승
리로 바꾸는 거대한 손이 살고 있다

제2부

하얀 어둠

당신을 보내고 아무 일도 없는 듯
몇 날이 지났고 나는 기차를 타고 떠났다

당신은 저쪽으로 나는 이쪽으로 길을 잃으려 간다
텅 빈 세계가 구불구불 여기에도 있다

한때 누군가를 지켜 주던 얼굴이 보이지 않는 밤,
마음은 따라와서 바람으로 갈라지는
산골 탄광촌 마을에 눈이 나린다

눈은 산골 마을을 맨발로 걸어온다
만물을 흰 보자기로 깔아 놓고 야생으로 오는 소리다

나는 언젠가 흙으로 돌아갈 것을 아는데,
이 흰 꽃송이들은 자기가 한때
이곳의 시냇물이었던 걸 기억이나 할까

너와집 낮은 지붕 위로 내리는 그 맨몸을 헤아리고
그 안에 사는 사람들 어진 눈(目)을 헤아린다

>

펑펑 내리는 고독의 깊이에는 추위가 없으니
눈은 외투도 없이 따뜻한가 보다

곡절 많은 사연을 살았더라도 바람은 맴돌지 않으면 안
되는가
  먼 곳의 여우 울음소리 실어 나르는 바람
  어느 산모퉁이에 집을 두고 돌아가지 못하는가

시간 여행자 하나가 눈을 온몸으로 받아 내는 겨울밤이다

얼어 가는 슬픔 하나 소리도 없는데
이 밤을 지키는 건 깊은 그늘의 주름이다

하얀 통점이 목덜미를 핥는 백색 사원의 밤이다
그 사람 왔다 간 자리,
흰 꽃숭어리로 떨어지는 산골의 밤은 말이 없고

버드나무 가지에 봄물 오르듯
마음 가지 끝 설핏 눈물 오른다

>
그래, 너도 나도 아닌 우리의 집은 당신을 껐는데
허물처럼 차가운 이곳은 왜 나를 돌려세우는지
목화솜 같은 눈에 등을 켜고 어둠을 밝히는지 나는 모른다

미래의 무엇이 그랬을까

그는 더 이상 과거에서 왔음과 수없이 많은 언덕을 넘어 왔음을 숨기지 않네 여기까지 오는 데 백 년이 걸렸다 하네 사람의 눈으로는 볼 수 없는 미래, 거기에 누가 있는지 그는 광희를 쫓아 다시 가겠지만, 경계를 위해 드나들지 않는 사람도 있었다는데 문장 어느 굽이에서는 퍼득이다 점으로 사라질까 하마 망설이다 돌아서지만, 다시 찾아 헤맬 때 목표가 생겼고 미로를 헤매더라도 끝내 닿게 한다는 말을 믿었다 그러나 타자로 가는 날갯짓 소리는 어디서도 들리지 않았던 것을 그는 몰랐다 이때 바깥이라는 해답은 욕망의 몸짓을 빌리려 하지만 경계 너머에도 더 큰 자아는 없었다 난해성을 새로움으로 푸는 사고를 위한 대가로 내어 준 질긴 거미줄, 그게 자신의 감옥인 줄 몰랐다지만 미래를 겨냥하러 온몸에 바람을 가득 채우고 풍선으로 날아가랴? 단언컨대 가볍게 오르는 산은 산이 아니라 하지만, 아무나 맡을 수 있는 향기도 없는 꽃도 꽃의 길이 아니다 이 비유는 적절하다 나비가 서성이다 날아가 버린 빈 공간에서 과연 내가 얼마나 아파야 당신이 알까 물어보면 이것이 미래다, 당신은 비명도 없이 망개나무 한 짐을 내려놓고 간다 매사 이런 식이다 가시에 찔리기만 하는 내가 미래를 가늠할 수 없는 것은 당연하지만, 혹여 능력자가 시간을 타고 가 봤다 하더라도 미래는 그 순간에 몸을 바꾸기 때문에 옥상옥이다 나를 통과하려고 달려온 빛의 굴절을 보았는가? 유전자가 제가 처한 환경에서 생존하기 위해 돌연변이로 몸을 바꾸는 것처럼, 먼저인 것이 있는 법이다

목매

대목장이 설계에 따라 얼개를 짜고 순서에 따라 한옥을
지을 때
때려서 고정시키는 나무망치가 목매라는 도구다

목매는 단단한 대추나무로 만든다
무겁고 튼튼해서 박아 넣는 데는 딱인 동사動詞형 품사다

목매께서 한 문장 쓰신다 틈은 내가 있을 자리,
못 없이도 제 짝을 찾을 수 있는 내 사랑이 크는 자리다

미소 짓는 한옥의 멋이
자랑이 돌리는 임계속도로 날아갈 듯하다

훗날, 인생이란 원심력의 집에 갇혀 있다가
영원의 집에 한 개 나무로 박히고 싶을 때

나를 추하게 만든 모든 것들아
너희들은 너희들의 진폭대로 세상, 거기서 돌고 있거라

나는 죽을 권리까지 내어 줄 수 없다

생명 없는 허명과 욕심에게는 저승의 자리를 주마

드디어 모든 것 버리고 목재가 되는 나무처럼
목매에 두드려 맞아 하나의 서까래로 박히고 싶은,

내가 사랑하는 목매는, 때려야 할 것만 때린다

반지하방

장마는 아무 데서나 자유라는 지랄을 합니다

뭐라도 채워야 한다며
기어이 반지하방 한 칸을 물로 다 채웠습니다

기왕이면 바람으로나 채울 것이지
천장까지 물로 채울 건 뭐람

이건 내가 상상으로만 했던 생각인데
흙탕물로 몰려와 캑캑거리는 가난을 쳐다보고 있습니다

세상은 개 같아서 짖기만 하고
어떤 문도 열어 줄 줄 모릅니다

위로라는 낱말은 책임질 줄을 모릅니다

끝내 들어오지 못한 바깥은 안쪽을 바라보며
굵은 빗방울을 뚝뚝 흘리고 있습니다

인생은 아무것도 아니어서 다행이라고,

\>

세월은 지금도 잊어버리는 중입니다

진짜 개

똥개라고 불러도 좋으니 제발 그 말만은 하지 말아 줘

―너는 버려졌어

속엣말이 점점 잦아드는 시골길 삼거리에 얼룩 개 한 마리
누군가를 기다리고 있다, 종일 그런다
벌써 한 달째다, 마치 길과 붙어 있는 것 같다
목이 마르면 근처 냇가의 얼음을 핥아 먹다가도 재빨리 돌
아간다

그득해진 연민의 풍경이 아니다,
곧 떨어질 주머니를 채우려는 욕심의 현장, 개 같은 작태
를 본 것이다

흰색 승용차만 오면 죽어라 쫓아가다 돌아오는 눈가엔 물
기가 그렁그렁한데
무엇일까, 이 길을 떠날 수 없는 저것을 나는 손댈 수 없다

목줄은 보이지 않는데, 언젠가의 그날은 오지 않을 것 같
은데

응답을 붙들고 있는 오늘이 대신 감읍하시는 것 같은 저
녁이다

충견이라는 말만 다글다글 굴러다닌다
물지 마라, 그것은 사람이 붙인 것이다, 개여!
너는 이미 개가 아니다, 그러니 속박을 풀고 훨훨 가거라

아아, 이 시골길에는 사람 같은 개는 보이는데
개 같은 사람은 보이지 않는다

주머니 없는 개와 주머니 있는 개 중
누가 진짜 개일까?

한 생이 건달

땡전 한 푼 없이 마음뿐인 지갑은 유리 같아서
커피잔에 담아봐도 그냥 거울, 내 노후대책과 똑같았고
그 장면이 계산대 앞에 선 기교 없는 내 얼굴이었다

사실은 마음, 거기에 표정을 낳고 떠난 새이고 싶었고
진실보다 추문에 더 잘 젖는 세상은 정말 깨고 싶었다
그랬다, 더 이상 갈 수 없는 늪이었다, 자신을 발견한,

그런 내게 마디마디 푸른 대나무와 물아일체는 무슨,
생각 마디마디 이끼로 피던 기억이 삶보다 가볍지 않았으나
환상은 이루어지지 않아서 좋은 전략적 탯줄이었고
동풍에 칼춤 추는 댓잎처럼 영혼을 일깨워 행동하는 일을
찾았지만
이번 세상엔, 사랑 말고는 아무것도 찾을 수 없었다

비 오는 날 같이 쓰고 가는 우산의 기울기를 보면
마음의 행로란 더 분명하게 드러나는 법이지만
기울어진 곳이 이렇게나 깊어서 발도 닿지 않는 슬픔이라니!

그중에서도 사람으로 태어나 좋은 점은, 상처를 받는 것이고

그 사랑을 근신하라고 다시 같은 상처를 받는, 가슴 언저리
저것을, 차라리 냄비라 부르자

아껴가며 속을 끓여서 먹는 걸 보니, 모닥불에 일렁이는 불
꽃 같아서
그대 가까이 갔다가도 돌아오고 마는 환영 같은데
그 불꽃, 그냥 지나간 게 아니었구나

머리를 하얗게 물들이고 끝내 어느 먼 다음 생도 노릴 것이다

구름 공간

그는 신神이 돌리는 시간의 물레질에 대해 말하지 않았다 또한 세상의 모든 소리, 그러니까 고치가 풀어내는 실낱같은 소리부터 하늘이 잣는 천둥소리까지 다 이곳에 있다고도 하지 않았다 다만, 그는 여백이 있는 것을 낯설어하지 않았고, 수백 년을 버티다 넘어지는 고목의 안식과 천일을 견뎌 하루를 사는 하루살이의 날갯소리에 대해 명상 외에는 더 보탤 것이 없다고 했다 그러더니 이번엔 스스로 소리를 얘기하기 시작했다 그러니까 바람의 파동을 거느리고 도착한 그가, 나무가 잎의 칼날로 공간에 새기는 이 무늬에는 헛소리, 흰소리란 문양은 없다고, 다만, 무표정하게 선고와 집행을 하는 법처럼 매의 눈으로 말한다고 했던가 아니면, 꼭 해야 할 말들이 머뭇거리던, 자꾸만 놓치던 무언가에게 물으려던 소리까지, 어쩌면, 모두가 허기져 돌아선 영혼이 부르던 소리라는 생각을 한 것은 혹시 나였는지도 모른다 그러나 다시 들으니, 그는 소리를 담는 매체다 소리는 사라지나 음파로 남아서 구름에 기록된다 하늘은 늘 은유로 말하니 공중의 시학일 수도 있겠지 구름과 바람이 멈추지 않는 것이 그 증거다 또한 소리란 그의 몸을 통해 입술을 얻는다 그리고 각자 제 꼴대로 문체가 된 바람의 힘줄, 그 탱탱한 붓으로 한 무리의 새 떼가 공중에 쓰는 예서체라고 생각했

을지도, 오! 우리가 구름처럼, 또 파도처럼 뿔뿔이 흩어진
다 해도 그가 등 뒤에서 기다리고 있는 이상, 저기, 고요에
깎이고 있는 메아리처럼 돌아와야 한다 그가 친 그물은 우
주의 몸이 현현한 것 다시 말해 어여 가라며 등 떠미는 아버
지의 손이 내가 몰랐던 사랑의 소우주라는, 아니 137억 년
동안 돌리던 물레질의 손이 결국은 질서를 지킨 뼈였다는,
그런 말을 통해 신이 영역을 넓히는 곳이라는 생각의 틀을
본다 그리하여 오늘, 그 무변의 품이 지상을 박차는 비행기
안에서 늦은 자각의 은빛으로 내 몸에 전율을 부화하는 이
런 날엔, 나는 바람처럼 들리어져 공중의 목소리를 듣는 것
이다 그래봤자 그 품의 깊이는 알 수 없는 것이어서, 두리
번거리며 공중의 공연에 슬며시 끼어드는 것이지만, 내 어
리석음의 길이 같은 관심줄에 매달려 오롯이, 빈속으로나
가 닿을 깊이로 두레박 하나 내리면, 저 공중의 심연에서
투명한 물 한 모금 마실 수 있을는지, 나는 구름처럼 둥둥
떠가며 어림하고 있을 뿐인데, 그 사이 공중은 다 흘렀더라

숲의 비밀

숲속에 나무 의자 하나 버려져 있다
새 한 마리 날아와 지저귀니
부러진 다리가 쑥쑥 자라나고 잎이 나고 꽃도 피운다

알겠다, 의자가 사라지고 숲의 일가로 남은 후
얼마나 자주 햇살의 마음이 다녀갔는지, 또
숲이라는 의사가 어떻게 의자의 급소를 찾았는지를,

마침내, 생경이라고는 한 잎도 없는,
꽃 떨어진 곳에서 다시 시작하는 푸른 목숨들과
서먹함을 싫어하는 햇볕이 생명과 타협을 한 것까지

말하자면, 아침의 긴 햇살을 끌어오는 숲의 근육이
버려져 있던 의자에 해의 비늘을 심기 위해
햇살 한 가지를 꺾어 생명에 접붙인 것이다

숲은 부활한 생명을 필사하는 유전자의 집,
햇볕의 세례를 주는 선지자의 집

그러므로 햇살은 태초의 말씀

숲에 닿는 것만으로 생명이 수정되는 곳

생명의 머리에 붓는 저 빛을 따라가면
나무 의자 하나 숨통 열었던 곳이 있을 것이다

나는 너에게 갈래

숲이 다가와 태고의 말을 트자
숲의 이름으로 의자가 내게로 왔다

새

밤새도록 비가 온다
밤새 누구는 비를 맞고 누구는 비를 핑계로
눈 밝은 새 한 마리, 공중에서 몰고 온다

슬픔은 물줄기이니 빗물이 아무리 입술을 포개도
숨겨 둔 얘기나 좀 해 보라고, 새파래진 입술로
똑 또독, 새가 창문에서 빗소리를 부러뜨린다

비와 몸 부비는 소리까지 다 들었다고
맑고 투명한 문장이 바닥에서 배를 뒤집으며
툭 투둑, 맨발의 가락에 장단 맞추는 것인데,
다시 들으니 공중이 벼랑을 낳아 땅에 심는 소리다

하늘을 떠날 수 없는 새들이 벼랑에 매달리고
투명한 무덤들이 번득이는 날개를 달아도
비는 톡톡 터지는 내면으로 탱고를 고집하지만

빗속에서 씨앗과 알을 품는 것들은
햇볕을 한 입씩 물고 온 기억이 있는 것들이다

\>

지붕이 없어도 비와 사랑은 누울 수밖에 없는 것
온몸 다 주고 흔적으로 남는,
비는 오래된 말을 내던지며 온몸이 길이 되는 새다

반복하는 입술을 가져서 외로움을 완성한 탓에
천 년 후쯤, 공중을 돌려받을 것이고
바닥을 경험한 마음을 창에다 누설할 것이다

햇살의 힘줄을 물고 나는 새 한 마리 가슴에 들이면
나도 입 속에 씨앗 하나 물고 날 수 있을 것이다

어둠 속으로

높은 곳으로 오는 빛은 내 것이 아니니 스쳐 가시고
슬픔을 숨길 수 없는 낮은 곳의 아픔은 내가 죄를 다 받
겠으니
모두가 똑같이 눕는 정직한 밤이여 오라!
폭군처럼 점령군처럼 주문도 없이 오라
오늘의 감정을 지우는 울음에 쓸모가 있고
또, 그래야 낮에 우리가 버린 것들,
동물의 소리를 주워 담을 수 있지
때때로 어둠은 키스처럼 우리가 될 수 있다는 것,
주민센터처럼 늘 곁에 있지만, 뒤라는 말처럼 막막하지만,
캄캄하고 의심 없는 세계의 뚜껑을 열어 잠과 꿈도 주지
그러나 안타깝게도 소처럼 일을 하고 햇볕을 소비해야 해
그래야 불행한 세계에서 행복해질 수가 있어
절망의 가지에 불을 붙이고 위로가 불가능한 것들을 찾
아 헤매다
삶의 가시에 찔려서, 사무치는 것들은 모두 검은데
다시 아침에 일어날지 아닐지도 모르는 위험한 세상은 덮
어야 해,
형형한 어둠이 말을 걸어오면 검디검은 그림자 허청대며
고독으로 소모되고 어둠을 복용한 약효가 나타나는 나는 표

적인지 미끼인지

　밤하늘 저 별들의 침묵 앞에서 자꾸 필요한 무언가가
　아가리를 벌리고 이빨을 드러내는 것을 본다
　긴 그림자를 이끌고 사랑이 어디론가 사라진다
　문자가 없는 것들이 감정에 말을 거는 것을
　밤의 식물인 듯 나는 쳐다본다
　어둠이나 밤이 할 수 있는 것들,
　밤마다 꿈꾸고 있는 수수만년 전
　그 꿈의 환생이 도시의 골목에 진주하면
　나도 그림자가 되고 또 달리 부를 이름,
　허공의 폭력이 싫어 빛을 그냥 통과시킨다
　어차피 빛과 어둠의 사이, 경계란 넘나들기 위한 것
　고백하건대, 숭고하게 떨어지는 꽃이란 없다
　내 속에서 허물어지는 빛이 이제 나를 거둬 갈 시간이
된 것이고
　허공은 때가 되었다고 우리네 삶 같은 물비늘로 반짝,
　어둠 속으로 끌고 가는 것이다

뼈는 질문하지 않는다

새는 제 몸을 공중으로 들어 올리는 날개로
자신이 누구인지 안다, 그러므로
이름을 제 안에 새기기에는 날개만 한 것도 없다
삶과 외로움의 거리, 그것은 보이는 세계의 오류다
중력의 무게로 비상을 포기하고 싶어도 새가 떨어뜨리는
것은
공중의 빗물 같은 것, 그림자 없는 고적의 긴 여행이 있
을 뿐이다
바람과 구름을 이해하려면 좀 더 날아 봐야 한다고 뼈 속
을 죄다
비운다 그러니, 지상에 남은 깃털은 새의 연대기라 할 수
있다

생명에 관한 한 어떠한 뼈도 질문하지 않으며 벌레 한 마
리까지
끝까지 쫓는 날개는 생을 출렁이며 바람의 손짓을 따라
갈 뿐이다
우리는 이것을 움직이며 살아가는 것들의 운명이라 한다
운명은 그물과 같아서 노동의 손들이 한 올 한 올 짠 것이며
그 한 올들이 모여 목숨을 건져 올린 것이니

이 한 올의 거리가 세상에서 가장 뜨거운 거리다
보라, 새는 날개가 운명의 시작이다
그것으로 삶을 감당하며 밤이 오기까지 공중을 끌고 간다
오! 우리의 한 생도 그 반은 어둠이니, 저문 숲에 기대어,
까맣게 물들어야 살 수 있는 밤새 같은 운명이다

하지만 사람에게는 땅이 공중이다
올라가기만 좋아하는 사람들도 언젠가는 새처럼 내려와야
한다
비행을 마친 새, 둥지로 돌아와 알을 품으면
날개를 붙이기 전, 알은 온도의 기억을 가진다
알에서 깨어난 새는 느낌표 하나를 기호로 가진다
그 기호가 생명이 되고 온도를 다른 삶에 전하기도 하겠지만
가슴에 온도를 두는 일에 실패하는 것은 늘 사람이다

막내딸 치우고 돌아오는 애비가 방문 밀고 들어설 때
옷가지도 벗기 전에 내일이 휘청, 먼저 바닥을 짚는다

아니, 등 가르고 빠져나간 매미가 있던 곳,
투명한 공간이 차가운 껍데기로 길게 깔린다

불꽃

수천 마리의 나비 떼

줄지어 날아오르다가 내려앉았다가
다시 날아오른다

봄을 알고 싶어
스스로 꽃도 되고

사랑을 느끼고 싶어
혼자 붉은 입술도 되어 보다가

그러다가 끝내
꽃 지고 사랑은 떠났을 터,

그러나 슬픔이여!

그게 어디냐고 되뇌지 말고

다만,
불씨로 물어만 봐라

\>

지금은 어떤지
몸짓으로 대답하겠다

손이 하는 일

모든 마술의 첫 동작은 손으로 시작한다

아내가 아들의 손을 놓았던 그 세 시간 동안은
눈물범벅인 현실이 마술이었으면 했을 것이다
　직장에서 듣는 아내의 울부짖음, 그런 게 천둥이라는 걸
알았다

　—엄마가 날 버리고 갔어
　그 소리도 아름다워 전혀 서럽지 않았다 하는데
　—내가 사랑하는 아들에게 세 시간의 지옥을 주었어,
　놀란 숨소리까지 합쳐서 이놈의 환장도 모르는 손 때문에,

그놈의 손을, 오늘 또 한 번 부리는 손의 마술을 본다

봄볕 아래 점이 될 때까지 올라가는 풍선의 하늘
그 높이를 가슴속에 다 넣을 수 없어 타고 놀았다

바람은 내 희열을 받들어 주어서 날기 좋았고
햇빛은 멋지고 환한 옷이 되어 주었다
바람 속에는 지금을 필사한, 유혹의 꽃향기가 있었고

굳이 언덕 너머 멀리까지 갈 필요가 없을 것 같아
고개 너머는 생각을 접었다
시냇가의 수선화가 봄을 읽어 주었을 때
생명은 노랗고 보랏빛이 도는 신비한 책이었다

이 모든 것은 봄의 손이 펼치는 마술
계절을 손처럼 펼쳐 보이는 고요 속에서 일어난 일이었다

손은 마술에서 지옥까지 못 하는 일이 없다

내 마음도 때때로 손을 펴는 일로
풋내 풍기던 첫 입술에서 아무 말이 없는 죽음까지
꽉 잡혀 있던 나의 세상을 바꾸고 싶다

통영극

설렐 수밖에 없었다

이 계절이 한꺼번에 다 몰려가 버린다 해도 끝내 눈빛으로
남아 있을 여기 이 거리가, 내 속의 아련함에 풍덩,
빠져서, 거기에 통영이 있어서,

전혁림미술관 그림 벽을 타고 오르는 담쟁이와
청마 유치환 생가 아래 골목길 따라오는 파도 소리는
정오의 햇살 하나하나에 부서지고 있었고

비 지나간 가지에 햇살 줄줄이 달고 있는 가로수,
그리고 안방 같은 흑백 사진관엔 빛바랜 옛날뿐이라고
이곳 바닷물은 빚 갚듯 반짝, 윤슬을 보여 주는 것인데

조막손들이 웃고 떠드는 저 파도의 운동회와
중앙시장 활어가 씻는 소란과 호객 소리는 왜 정겨우며
한 번도 본 적 없는 이 거리가 낯설지 않은지,

또 백석의 흔적을 못내 아쉬워하는 통영은
왜 흑백사진의 간절함에 갇히는 것일까

>
햇살은 아직 남아 어깨에 걸고 있는 오후
세상에서 제일 아름다운 이름, 봄날의 책방에서
이성복과 라이너 마리아 릴케의 산문집을 사들고
한 달은 좋이 행복할 것 같은 예감에 뭉클거리다 깨닫느니

기적은 햇살이 이곳 지구까지 왔다는 것이 아니라
내가 너무 늦지 않게 여기에 왔다는 것이고

통영이라는 이름, 그것 때문일 것이다
아무렴, 윤이상 작곡가가 끝내 영혼으로 돌아와
정처 없던 조국이 기어이 자리 잡은 이곳

남쪽 바다 윤슬에 얹힌 서정은 햇살로도 반짝이지만
햇볕 같은 편안함을 여기 해안가 그리고 골목마다
노오~랗게 물들이는 게 궁금하지도 않은 까닭은 왜일까

거참, 내 청춘은 통영과 사귄 적이 없는데
한 홉도 안 되는 마음에 설운 빛깔을 됫박으로
들이붓는 것은, 저녁노을 때문이겠지만

>

충무의 옛 이름은 하 예뻐서 붉은 벽돌 사이사이
성당 뜰에 핀 수국으로 부풀어 오르는 그런 이별도 있는지

아니면 나보다 더 그리운 것도 있는지
나만 남기고 통영은 간다 출렁거리며 작별과 함께 굴러간다

제3부

환장

누구에게서도 손길은 없고
누군가 쌓아 온 사소한 실수들이 무거워 오늘이 침몰하는데
너희들 하얀 이빨인 듯 파도는 환장하게 이뻐서
천사들 떠난 자리엔 갯벌이 소름처럼 오슬오슬 돋는다

너희가 사라졌다는 공허는 붉은 장미 같은 꽃물이 되어
기진한 마음에 수혈을 하는 잔인한 사월이다
따라 우는 우리는 너희로 인해 뭉치고 강해지며
불끈 주먹을 쥐고 일어서야 하는 이유가 된다

가진 것이라곤 착한 마음뿐이라
아무리 연습해도 분노는 서툴기만 한데
위로와 용기도 도움이 되지 않고
고통은 나누어지지 않아 온몸을 불길에 내어 준다

사랑받지 못한 나라는 너희들 불행이지만
사랑하지 않는 건 더 불행이라서
사랑한다 한마디 남기고 간 너희들 남은 삶을
우리 모두가 나누어 살 수 있다면 얼마나 좋을까

>
이별 없는 사이가 부러워
오늘도 가슴에 돌부처를 세우고
비바람 맞기로 한다

한 달 열흘을 환장하게 앓으니
세상의 침묵이 피 울음의 끝인 양

너희들 꿈 따라 봄꽃도 함께 지고 있다

서어나무 숲

서어나무 숲 정자에 앉으니
감자꽃 환하게 다가온다

어서 와
이 바람의 원주민들은 인사성이 밝다

내가 꽃인지 숲인 건지
바람까지 아는 체하는 호접몽의 유월이다

저 푸른 허공은 한때 익은 벼 이삭들이 놀던 자린데
오늘은 그 자리를 내가 차지하고 있다

어린 모들은 바람이 산을 내려온 까닭을 알까
유월의 숨어 있는 풍요를 알까

밀은 익어 바람에 흔들리면 그뿐
고개를 끄덕일 뿐인데

모 이삭은 초록에서 어느 쪽으로도 기울지 않고
아이가 바람 속에서 커 가는 걸 모른다

\>

하, 사랑을 모르니 실패를 알까
인생을 모르니 애증을 알까

자연과 인간의 관계는 이런 것이라고
휘파람새 한 마리 길게 울고 간다

위로

코가 바싹 마른 흰둥이 개 한 마리 종일 문 앞에 바짝 엎
드려 있다
　개의 발바닥과 배는 땅에 길게 달라붙는 중이고*
　지금 내 눈은 연민의 찰나에 달라붙는 중이다
　나는 길을 막지 못하는 산 같은데 산울림처럼 오는 이 무
심은 언제까지 유효한가?
　참, 도움은 변명으로 살 수 없고 주인이 오는 소리, 환
청이 되는데
　말해 무엇하겠는가, 세상살이 길에 널린 게 다 갈증인데
　일만 간장 다 녹아도 자국 하나 남기지 않을 물 한 모금,
　그것도 안 되는 내 마음만 졸아들고, 고요는 내 안을 적
셨구나
　눈물에는 몇 가지 사실들이 있다 상대가 있고 미안해하
는 관객이 있고
　두 눈은 보지 않고 곁에만 있어 주는 이가 있다
　그뿐이랴, 눈물 같은 거, 상처 같은 거는 그냥 두면 희
미해지니까
　물의 흔적으로나 남는 공허도 있다
　개는 과연 멱살 잡힌 인연, 저기서 빠져나올 수 있을까
　나는 이제 떠나야 하는데 뭔 눈이 속을 보여 주려는지 개

가 보는 방향으로만 가나?

　개는 어서 가라고, 그냥 가라고 귀는 손인 듯 흔들고

　내 관심사 없이도 여전한 세상 그냥 들고 오는 마음만 그림자로 길게 깔린다

* 문인수 시 일부 인용.

물의 은유

꽃이 지는 것이 서러우면
꽃을 그대 마음에 심어야 한다

마음에 심은 꽃은 그것을 기억하는
그대가 있는 한 영원할 것이지만

몸 지고 나면 마음 또한 진다고
가야 하나 말아야 하나 걱정하더니 글쎄

저 물, 적시고 보는 게 먼저인 듯
마음 한 귀퉁이 속에서 촉촉하게 나를 건너갔다

닿아야 할 곳은 꼭 닿아야 한다더니
기어이 물살은 흘러 향기를 냅다 공중에 퍼질러 놓았다

함부로 생각하지 마라
꽃은 대가를 치러도 좋다고 향기로 남은 것 아니다

꽃의 근원, 물은 기울기의 질긴 근육으로 가는 것이고
물이 되고 싶은 나도 낮은 곳의 힘으로 가고픈 것이다

\>

향기를 퍼뜨릴 수는 없으나
어떤 속임수도 비법도 없는 물 같은 걸음으로,

그러므로 내 시의 끝은 물의 은유를 아는 것이고
바닥을 짚고 흐르는 물처럼 인생에 시도 같은 건 없다고,*
한번 해 본 것은 이미 지나간 것이라고,

그러므로 넘어야 할 선線이 있으면 단번에 넘을 것이다
제 몸을 밀치고 조용히 나아가는 물처럼,

비명을 지르는 것은 바람이나 하는 일이라

* 다자이 오사무 글 중에서.

등 이야기

사람들은 생활과의 경쟁에서 번번이 패배하고
왔던 자리로 돌아가는 물 같은 이야기라 하지만

힘 중에서 가장 센 놈은 목숨이라는 것을
태왁을 맨 등으로 보여 주던 늙은 해녀

―물질은 사람의 힘으로 하는 게 아녀,
물의 힘으로 하는 거지

힘든 일도 포기만 하지 않는다면 도와주는 또 다른 힘이
있다는 거
물질 끝내고 올라온 그녀의 등이 물로 증명하는데

바닷물이 반짝, 햇빛의 등을 타고 내리는 건
함께하는 생이지만 머무는 건 아무것도 없다는 뜻일까

인생도 바다도 모르는 젊은 해녀는 눈만 깜박이고
말라 죽을 줄 알면서도 기어이 피는 꽃, 등 말이다

틀면 쏟아지는 수돗물 같은 거 말고

생명이라는 힘으로 바다에 뿌리를 박고
쩍쩍 갈라진 나무 같은 해녀의 등을 어디에 쓸 것인가?

아무리 심장을 갖다 바쳐도 늘 숨이 모자라는지
그녀의 안간힘도 미치지 못하는 자리가
숨비소리 끝나자 등 뒤에서 쿵, 소리를 낸다

그러나 등이란 닿아야 효력이 미치는 슬프고 따뜻한 에너지
누구나 밤에 신발 벗어야 누릴 수 있는 아랫목이다

등 대고 살다가 등 돌리면 남이 되는 벽이 되기도 하지만
죽어도 서서 죽는 나무의 고집처럼 슬프지만

혼자라도 얼마든지 쓸 곳 있다고,
바닥의 힘으로 사는 짝사랑의 서식지다

그러니 아픔을 건들지 마라
너도 한때는 사포 같은 알몸을 베어 사랑에 바친 후
겨우 아랫목에 발을 들이밀었던 자였다

벽에 대하여

매 순간이 권하는 대로 살던 나침반의 침도 흔들리면서 방향을 가리키고 어느 기차도 바람과 시간에 시달리지 않고 도착하는 역은 없다 그렇지만 꿈이 살던 달방은 어떡하나, 흔들리지 않는 체면이 몰고 가 버렸으니, 이제 지킬 무엇도 없이 경계가 된 나는 반지하방에서 성욕처럼 숨어 사는 불빛을 슬픔으로 오역하며 사라지지 않는 벽을 생각해, 아픔이 끝날 때까지지만 오래된 무관심의 표정에 대해 말해 줄까? 다시 말해, 적막에 홀려 속은 것은 나였고 살과 뼈 없이도 스스로 닳는 세월을 닮아 자꾸 사위어 간다는 삶은 몸 같아서, 닳지 않는 허기 하나 어쩌지 못하고 단지 피와 땀을 밑그림으로 그려 놓고 아름다운 바닥이라 쓰던 날들이 날 기죽게 했다 그러므로 나는 이제 목숨에 스며들던 사랑의 물길에 대해 얘기하려 한다 어쩌다 그녀는 그런 나를 일으켜 세우는 물이 되었을까? 그걸 가끔 까먹는 나는 괜스레 꽃나무 가까이 가서 꽃과 소문의 관계에 대해 묻고 나서는 실없이 돌아오곤 했다 하, 바람의 맛만 알아 버린 이파리 같은 내 영혼도 그렇지만 고독은 또 무슨 도움이 되겠다고 시도 때도 없이 피던지, 오! 시계가 시간을 모르듯 우리는 서로의 운명을 1도 모르면서, 사랑의 씨줄과 죽음이라는 날줄로 엮인 그물 속 멸치 떼, 한 번도 빠져나갈 길을 열어 주지

않던 생이 곳곳에서 만나는 그물, 그게 뭐 어때서? 나는 귀
신처럼 다가오는 그물을 피하지도 않을 것이다 그런데 다시
국물로 살아나는 멸치의 생은 죽어야 끝나는 게임을 어찌
감당했을까? 예컨대, 너는 결국 잡혀서 죽을 거야, 뜨거운
방파제 위에서 말라 갈 거야 그런 말들은, 모두 생각이 가
진 무기라서, 벽에 구멍을 내어야 살 수 있는 것이 생이라
는 것과 적을 위해 결정해야 할 게 없다는 말이지, 그러니
너는 벽에 감사해야 하고 실패한 사랑에게도 다 말할 수 있
게 해야 해, 어차피 화평이란 누군가 흘린 피로 쓴 글이
며 오래전에 땅에 묻힌 사람들이 목숨을 걸었던 칼부림이라
는 사실에 절망할 줄 아는 일이고 우리가 세운 벽과 사랑했
던 갈등에 성호를 긋는 일이네 보라, 인내심의 무덤에 꽃이
없어도 고통이 진실하다면 벽이란 얼마나 감사한 것이냐?
아무렴, 삶과 사랑의 조문에 적절한 헌사는 멀리 있지 않다
사랑과 죽음뿐인 인생에 고독한 벽마저 없다면 운명은 어디
서 배우며 또 내 안의 자유는 어디서 움트랴

삶의 어원

인생이란 시간이 채워야 할 허무의 풍선

내일의 기적은 아직 기도일 뿐이었고
인생이란 눈물과 땀, 그리고
삶으로 잘 포장된 선물 꾸러미였다

다행이지, 그렇게 살아왔으므로
죽음이 나에게 오면 어련히 닿으려니 하면 되었으니

—나 여기 있어, 불쑥 떠오른 인생이란 어원
죽음으로 이어지는 그것이 영원이라 할 수 있다면
자식을 보듯 편안해질 수 있겠는데

길은 갈래로 갈라지고 나는 늘 헤매는 사람
어차피 생은 걸어 다니는 부고장이고
버려질 껍질을 덮어쓰고 한 생의 책장을 넘기며
다른 이야기의 다음 장을 기다리는 여행자다

아아, 세포 하나하나가 슬픔을 숨기고
초신성의 후예답게 우주로 회귀하려 전속력으로 달려가

고 있다

신호등도 읽을 줄 모르면서
도시의 건널목에서 기다리는 누군가는
실업이 생을 대신 읽어 주기를 기다리고 있다

정원사

아무 곳에나 있다

사람뿐 아니라 세상 만물 어느 곳에나 있지만
아름다움이 소용을 원하지 않는 것처럼
장소에 선택되기를 바라지 않을 뿐이다

그것은 불을 켜지 않아도 보이고
그곳에는 문이 있어 들고 나는 모든 것이 기록된다

그리고 한번 들어온 것은 반드시 자라서 무언가를 남긴다
초겨울 들판에서 생땅을 조용히 부풀리는 서리처럼,

당신이 볼 수 없는 것은 문을 잊고 살았거나
보이는 것만 보려는 눈의 오역이다

어디에나 있는 그것이 궁금해 문 하나를 열어 보니
날아 들어오는 모든 꽃씨를 반기는 밭이거나
항상 풀을 뽑는 자세로 돌보아야 하는 정원이다

당신 몸에서 일어나는 일을 당신이 모르듯이

정원이 짓는 가슴의 집
그 깊이 또한 나도 알 수 없지만

거기서 꽃밭을 가꾸든 황야의 거친 돌밭을 만들든
그것은 눈이 미래에게 헌납한 일이다

그러나 눈동자에 기다림과 설렘의 씨를 뿌리면서
인생이란 가슴을 돌보는 정원사가 당신인 한

가슴은 정원을 달리해 꽃을 피우지 않을 것이다

햇살 두 마리

나는 어느 날 오후의 저잣거리를 걷다가
햇살에 반짝이는 병아리 두 마리를 샀다

내 관심을 끈 건 병아리가 아니라 노란 햇살이었다
병아리를 따라다니는 햇살, 공중을 건너온 생명이다
오늘부터 이 환희를 놀라움에 입력할 것이다

내일의 햇살을 다시 보고 싶은 욕심만 가진 나는
안방 라면 박스에 맹목을 두고 그냥 자고 말았다

하나만 보고 다른 하나는 보지 못한 잠은 편했으나
햇살은 그렇지 못했다

다음 날 아침 햇살의 커튼콜은 없었고
나는 천 원짜리 햇살을 다시는 볼 수 없었다

아아, 슬픔의 바닥에서 햇살 두 마리는 얼마나 기어오르
려고 했을까

나는 반성에 연결된다 관객이 있고

그런 날이 있는 것이다
욕심을 모이로 주고 모독에 물을 준,

껴안을 줄 모르는 맹목은 관객이 두렵지 않다
하지만 형편없는 연기에 누가 박수를 보내랴

느낌을 반복하며 후회가 쏟아지는 아침
아름답지 못한 서러움에 의지해 보지만
내가 살 수 있는 또 다른 햇살이 있다 해도
이제 내게 같은 햇살은 없다

부러진 햇살을 마음으로 한 땀 한 땀 기우며
나는 나를 채운다

허공이 하는 일

시도 내 맘 같지 않은 날

뗏목으로는 산을 넘을 수 없고
문학은 표절로 시작할 뿐, 기적은 없다는 걸 알았다

동행이 모욕과 멸시의 강을 손잡고 건너다가
잡은 것이 물방울로 남았다
같이 가서는 안 되는 것을 뿌리치느라 한동안 아팠다

시대를 사랑하지도 헤어지지도 못하면서
허망을 말하던 입으로 문장의 진부함을 탓했으나
그것은 탐욕으로 흐르는 내 것이었고

그 안에 매달려 있는 꿈이란 불안이
시간에 수용되어 사라지는 것을 지켜본 것이었다

그런 내 눈동자가 꼭 한 그루 나무인 것 같아서
아니, 더 나은 일을 알지 못하므로
햇살이 하는 일을 이슥하도록 내버려 두었다

>
사랑이 몸에 뿌리를 내리는 것도 마찬가지다
몸이 실뿌리로 내린 그 시절을 들키지 말자고
마음이 꿈과 현실을 허공에 심어 두었기 때문이다

적당히 하지 마라, 하려면 끝까지 하라
시에게 이 말까지 들었다

그러던 청춘도 가고 나면 보상처럼 교훈이 밀려오고
그러니까 흰머리는 넘치지 말라는 방파제라는 말 따위,

그러나 가을 물빛을 닮은 우리 생애는 오랜 여행에서
집에 돌아왔다는 안도감만으로 견뎌야 한다

이것만이 내가 가질 수 있는 허공, 시의 비의다

낙점

수확 끝난 파밭에 파꽃 몇 피어 있다
나비 한 마리 날아와 꽃 점을 찍는다

발레 연습실에 소녀 몇 거울로 피어 있다
에샤, 페, 쿠페
구령 맞춰 뛰는 자리마다 찍히는 발자국
한, 둘 한, 둘, 복사꽃 꽃 점이다

제주 애월 바닷가, 아침이
화가와 캔버스를 붓끝에 묻혀 그림을 그린다

꽃 같은 것도 참, 멀리서 보니 모두가 점이다

저녁이 어둠 한 자루 쓸어 담고
사람의 마을에 들어오기 전의 일이다

그 후의 일은 잘 모르겠지만,
정직하게 하늘을 나눠 덮고 자는 일이거나

아니면, 우주에서 비롯된 어떤 손이

지구까지 따라와 점 하나 찍고 가는 일이겠지

우리는 모두 누군가가 찍어 놓은 점 하나
그러므로 삶이란 점點들이 모여 선線이 되는 것

그러나
선이 꼬이고 매듭이 맺혀서 풀 수 없는데도
모른 척, 끝내 허공의 새로 사라지는 점이다

허무의 등을 밟고 날아올라 가맣게 털 몇 낱 날리는,

절실한 것은 벗고 있다

숨과 숨 사이에 거리가 있다 그래서 숨은 쉰다고 한다
그러나 창窓은 숨을 참고 있다
다만, 폭우와 폭설 사이, 꾹 참고 보살핀 세월
가슴에 쓰고 눈으로 찍으며 낯바닥의 고집을 꺾지 않을 뿐,
모서리마다 안테나를 세우고 사방의 발소리 모으지만
쫑긋 귀 세우는 시작 속에 두근거림이 다 보인다

최대한 가슴을 넓혀 오래도록 풍경을 받아들이지만
손끝을 빠져나가면 두 번 다시 쳐다보지 않는 저 외고집
이게 나야, 다 벗고 속까지 보여 준다
이런 창은 이타적인가 이기적인가
아니면, 중심에 정직 말고는 아무것도 없다고 시위하는
것일까

마침내 모여서 떼를 짓다가 흩어지는 새 떼들 움켜쥐고
유리 속 한 점으로 사라지는 저녁 하늘, 그 여백의 한 호
흡으로 숨을
마무리하면 반짝, 고요와 경건으로 점안한, 공중이 눈을
뜬다

>

오! 공중은 창의 창작 공간, 모든 사물을 초청한 공간에
는 빈틈이 없다

그러나 창은 그 사이로 빛의 문을 열고 동일성을 찍는다

그러므로 창의 갈피 속에는 타인의 페이지가 없다
이기심이란 말이 도무지 끼어들 틈이 없다

세상에 변하지 않는 것은 없다고, 사라지는 튼튼한 모든
것의 틈을 찾아
결국은 숨을 멈추게 할 금이라 기록한다
누구에게나 숨기고 싶은 것 한둘은 있는데,
저 달은 숨을 쉴 수 없는 한계에 와 있는 것이다

마중과 배웅이 늘 있는 창도 있는데 내겐 어떻게 그런 것
도 없느냐고?
그러니, 어떻게 맨몸, 맨정신으로 살 수 있느냐고,
오늘도 창窓 앞에서 홀랑 벗고 있다

등대

이것은 밝히는 것이 아니라 껍질을 벗기는 것이지

더는 뛰지 않는 심장의 느슨함을 벗기고
당신도 벗기고 어둠조차 벗기는 것이지

이것은 밀어내는 것이 아니라
오늘도 안광으로 당신을 묶으려는 끈이지

몸이 키운 열정을 마음이 뿜어내는 것이고
꽃같이 달아올랐던 시절을 단단히 연결하는 것이지

그 끈으로 파도 소리 두르고
밤하늘에 걸어 놓은 환한 치마폭이지

해종일 신열에 달뜬 바다를 탕탕, 항구로 끌어오는
통통배 뱃길에 복사꽃 환하게 뿌리는 것이고

어둠을 벗겨 내듯 일과를 걷어 낸 후
어촌의 잠 속으로 들어가기 위한 것이지

>
이렇게라도 어둠을 붙들려는 것은
혹시 눈 감으면 새벽이 지층으로 쌓이질 않을까 봐
하늘의 늑골을 확인해야 잠들 수 있는 마음 때문이지

정은 도저히 끊을 수 없는 곳에서
끝내 그리움으로 다시 시작한다고
불같은 사무침을 물낯에 드리우는 것이고,

그렇지, 빛이 내려놓는 저 기미 또한
땅거미가 얼른 받아 속을 채우고 나서야
헤어지고 싶은 마음 때문이지

수사修辭

수사는 치장의 품사다
그러므로 어머니에 어울리는 수사는
세상 어디에도 없다

어떤 단어는 홀로 있어도 산정처럼 당당하다

폭우에도 겨우 이거냐 우뚝 선 산봉우리에게
바람과 구름은 시간이 잠시 주는 수사일 뿐

어머니는 꾸미지 않아도 어머니고
감동은 저 홀로 있어도 스스로 빛나는 말이다

절망은 꿈에서 오고
감동은 가슴에서 온다

입성 하나 없이 벗고 오는 알몸의 감정이여
빈집에도 찾아오는 햇살의 따뜻한 방문이여!

세상 모든 악기는 언제 어디에서 연주하든
한결같은 파동으로 오기에 오래도록 음악이 된다

\>

명命 짧은 수사를 믿다니!

때때로 문장이 아픈 것은
수사라는 고질병 때문이다

주인이 돌아왔다

마음을 비우자 영혼이 반짝이기 시작했다
냇가 암석이 폭우 속에서 제자리를 찾듯
생각이 햇빛을 받자 일어난 일이다

시냇물은 그 위를 흘러
깨끗함이 무언지 말했다

숨소리를 듣고 뛰었더니 가슴이
그만 헤어지자 선언한다

애초부터 불가능한 일은 아니었으므로
영혼이 자리 잡고 느긋하게 바라본다

나의 몸이 숨소리 아래에서 햇살을 쳐다본다

죽음 앞에서 선명해지는 기억처럼
삶 근처에서 더욱 빛나는 영혼

왜 몰랐을까, 영혼이 뒤편에서 말없이 지켜 주던
건 몸의 주인이 영혼인 까닭인 것을

\>

알겠다, 뒤편이란 같이 있어 주는 것이다

이제 주인을 맞은 몸은 날개처럼 가볍다

제4부

새벽이 오는 이유

어둠은 잠을 준비하는 자에게 오고
새벽은 그물을 준비한 어부 때문에 온다

먼 길 떠날 흑두루미가 배를 채웠을 때 봄은 오고
새끼를 위해 사냥할 때
해오라기의 천국은 오는 것이다

때가 되면 집을 짓고 짝짓는 칠게도
햇살에 가슴 벌려 몸을 녹이며 영역을 넓혀도
이번 생의 이유를 묻지 않는다

생명을 놓지 못하는 지구
땅이란 구름이 우는 완벽한 이유다

그 힘으로 외로울 때 몸 부빌 수 있는
순천만 짱뚱어의 갯벌은 자란다 해도

산다는 것은 미래를 담보한 뻘배를 기다리는 일

의문을 찬양하는 뻘 구덩이에서
끝 모를 우울을 가슴에 채우면서

부질없는 새, 쌍으로

1.

들어 보실래요? 새 한 마리의 심장도 가볍지 않은 이유 이 동물이 떠난 지가 언제인데 아직도 뒷발로 땅을 박차고 오를 듯, 둥글게 등을 말고 있는 적막 한 마리 새벽은 아직 눈도 뜨지 못했는데 날 버리세요 눈처럼 떨어지는 작은 새 들 이 먹먹함의 습격에 대하여 어떤 가슴이 막을 수 있나 요 내 가슴에 목줄을 매는 새에 관하여는, 내가 당신의 꽃 이 되어 다행이다 아니다 다투는 봄날을 용서하기로 한 그 런 날 꼬인 봄은 귀가 다 부끄러워 꽃 같은 거 버리고 간다 했는데 사랑은 인내다 아니다 마음에 엉겨 붙어 봤자 후회 와 용서의 씨줄 날줄에 햇것이 몇 줄 더 보태져 끝도 없이 마음의 그물에 걸려 울안에 살고 있음을 알아요 슬프고 힘 없는 것들은 심장박동 소리조차 끄고 살다가 소리 없는 눈 으로 온 게지요

2.

제 발로 시 속으로 걸어 들어간 시인이 죽었을 때 시로 수 의를 해 입힌 침묵이 새소리로 조의를 표하는 것 보았어요 문상도 못 한 나는 시인의 자유의지마저 버리고 말았지요 그런데 왜 젓갈 항아리처럼 푹푹 썩은 가슴을 시작으로 나

는 까무룩 잠기는 안개, 길 잃은 새벽을 눈동자에 끌어들여 나비 겹눈인 듯 삼천 개로 이별한 애인을 조각내고 있을까요 하, 어쩌면 세월의 모호함과 무례함조차 곰삭이는 세계에선 어떠한 다짐도 가만히 두면 발효로 바뀐다는 것을 몰랐던 게지요 가령, 슬픔이 장독의 밑바닥에 허옇게 시간의 꽃으로 피어도, 새는 시간처럼 죽지 않을 걸 알아도 이 조화가 인생인지 사랑인지 어느 것도 모를 때는 뚜껑을 닫고 기다리는 것처럼 말이에요 그런데 도회의 네거리 붉고 푸른 신호등이 나의 행선지를 책임질 수 없듯이 어느 쪽도 입을 꼭 닫고 있으니 나 역시 여행의 끝도 모르면서 건널 수밖에 없다는 거지요 그러나 상관없어요 새소리 안에서 살기로 한 다짐이란 시의 혀가 세상의 통점을 핥는 것임을, 결국은 빗방울이 물결을 담금질한 것임을, 또 다 삭지 않았던 날들의 맛이었음을 알았으니까요 어쨌거나 쌍으로 부질없는 오뉴월의 눈이라니깐요!

여백에 대하여

중심 없는 것들은 늘 지분을 고집한다
의지가 없기에 타인의 인정이 필요한 것이겠지

잘 들키게 하는 법이 따로 없다
마음에 여백이 없다면, 지금의 내가 꼭 그 짝이다

때로는 사람이 그립던 세상의 길목에 서서
수의처럼 낯선 관계를 꺼내어 보면

여백이란 물들지 못하는 사람이
제가 제 벽에다 대고 말을 고백하는 곳이라는 생각
몸이 감히 손댈 수 없는 곳이다
내 장기의 엑스레이 사진과 다르지 않다

제 모습을 가지지 못하지만
지금 막 구워져 나온 빵처럼 고맙다

보리굴비의 맛을 몰랐다 해도
억울할 것 하나도 없다는 말이다

\>

인생에도 맛이 있다는 걸 고집해도
이런 여백에는, 물리지 않을 듯하다

지평선

하늘 끝 같아서 아무 말 안 하는 거다
마음과 사랑의 거리란

내가 다가가면 딱 그만큼 물러나고
발을 멈추면 따라서 멈추는 절대적 공간

사는 게 모두 훼방을 뚫는 거지 뭐,
얼버무릴 수밖에 없었고

나는 몰랐다
사랑은 뼈 묻을 장소가 없어서 허공으로 간 줄을,
또 흩어지는 구름의 종족인 줄도,

거리, 그것은 마음에 예우로 설치되어 있었고
가슴이란 동네엔 코너도 골목도 있어

성공하지 못한 사랑에 관해서는
뽕짝 메들리로 길게 울려 퍼지고 있었다

외로움은 그리움이 만든 장치일까

\>

봄볕 아래 늘어진 고양이 허리처럼
봄날이 같이 늘어지고 있었고
나무는 바람의 자국을 가지고 있었으나

지평선은 그대로였다

이내*

　이내 어둠이라고, 결별의 시간들이 온통 침묵에 가담하는 것도 그렇지만, 어둠이 새소리도 공중에 거둬 먹일 즈음에는 웅크린 짐승이 검은 망토를 길게 펼쳐 놓는 걸 보아 이 희미한 실루엣 속으로 오는 것이 늑대인지 개인지, 어쨌든 어둑발이 짐승에게 젖 물리는 것 같은데, 이 물결은 떠나는 뒷모습을 보는 노모의 눈빛이었다가 어쩌면 너 떠난 저녁까지 못다 한 내 말인지도 몰라 어쩌나, 내 가슴엔 젖은 것들밖에 없고 손도 없는 것들이 세상의 갈증을 풀어 줄 것처럼 이십 분이나 검은 물을 동이째 들이붓고 있지만 어떤 존재도 같은 시간에 두 번 몸 담글 수는 없는 법, 둥싯, 나는 이내의 어둠 속에서 막막한 물고기 결국은 서녘의 일몰, 하루의 무덤 자리로 흘러가는 것을, 이제 나는 느끼네, 오래된 연인처럼 목을 쓰다듬는 부드러운 손길을, 아니, 어스름의 객석에서 어둠의 연주를 듣는 이내의 백성이 되어 그 포근한 음악을 듣는 것이네

　가만, 저기 어둠 속에서 소리 없이 레코드에 바늘을 올리고 있는 이내를 보아, 내일이 없는 자리에서 레퀴엠이 연주되는 것을, 삶이 서럽도록 붉게 물들인 한낮의 귀는 감춰 주고 천 개의 눈으로 생을 감시하던 낮과 결별하게 하는, 지금

은 어떤 삶도 모두 용서되는 시간이 자신에게 또 두들겨 맞
는 내 고백의 시간을 바라보고 있는 것도 좀 보아

* 이내: 해 지고 이십 분간, 순우리말.

가을의 날개

낙엽은 가을에만 돋아나는 날개

땅과 엉기어 있다 라는 말은 나무의 것이 아니다
공중을 포기하지 않는 공기를 보라고 말하고 싶지만
바람의 손을 빌려 민망한 마음의 편 편을 떨어뜨린다

고요와 공감은 나쁘지도 좋지도 않아
아무 불만 없는 가을의 떨켜들은
떠나고 싶은 이유에는 관심이 없다

허공은 얼마나 깊나?
유언도 없이 생을 마감하는 빗물에게 물어보지만
침잠에 잠기는 나무는 풀릴 기미가 없어 아직 맨발이다

이런 가을날 나무의 맨발이 내게 닿기를 바라
당신을 껴안아 보지만
기억은 시간을 자주 벗어나 서러움 쪽으로만 가고

들키길 원하는 누군가가 자꾸 부르는 것 같아
나뭇가지는 덩달아 돌아보지만 아무도 없다

>

텅 빈 하늘 바람의 눈시울, 서러움의 냄새가 났다
이 계절의 이별은 자유를 좋아하지 않는다고?

복고풍의 유행을 좋아하는 가을 나무는
이렇게 떠나보내는 것으로
공중에다 순식간에 날개를 다는 것이다

명절에 감염된 것들

고향은 명절이 하는 일을 모른다

왜 사람들은 돌아오려는지 알 수 없기에
다른 세계가 도착했다는 신호를 알 수가 없다

역을 향해 길게 줄을 선 사람들에게
참고 견디는 벌을 돈을 주고 사라는 신호다

그러니까 그건, 밥을 위해 서울로 잠입한 저, 난민들에게는
도시의 불빛으로도 감출 수 없는 끼니의 어둠이었겠지만
코뚜레에 걸어 놓은 저 줄의 끝은 아마도 고향이 잡고 있
을 거다

출처를 따지자면 하늘 아래
목숨과 향수가 없는 사람은 아무도 없다

그러나 고향에 대못 박고 나온 사람들
그 못에 타향의 설움 걸어 놓고 옛말 할 수 있다면
명절의 철새들에게 기차표는 면죄부다

>
그것 덕분에 미안함 반¾, 향수 반인 새는
일 년에 두 번은 제사를 핑계로 선물 세트 들고 와
너무 많은 용서를 받은 날것들 아닌가?

평소엔 잃어버린 우산인 듯 찾지도 않다가
때가 되면 고향을 찾는 이들을 무엇이라 할 것인지
그런데 왜 내가 미안한지,

저기, 명절이 바위 하나 내려놓고 고향으로 오고 있다

오! 생활은 햇볕 쪽으로만 기우는 한 그루 나무
고향 쪽으로만 기우는 걸 보다 못해
그리움으로 날이 선 도끼를 들고 벌목하러 오는 것이다

그러나 시간의 기호가 비대면 시대를 호명하고
고향도 부모의 제사도 영상으로 대체되면
고향은 명절의 유언장도 보지 못할 것이다

문밖의 말

그의 방문 때문에 내가 아직 문안에 있다는 걸 안다

저벅저벅, 문밖의 저 소리
질척이는 빗물을 이해하려고 젖은 마음이 자란다

여기서도 똑똑, 저기서도 똑 또독
소리를 게워 내는 공중

외로움이 비로 파종될 때, 견뎌야 할 세월이 온 거라고
슬쩍슬쩍 또는 하염없이 문을 두드린다

물방울 우체부는 어쩌다가 빗소리를 받아 적는 내 심장을
쪼아 대며 죽는 것이 사는 힘이 되었나?

먹어라, 먹고 사라져라, 죽음처럼 허공을 날아오는 새 떼여!

빗줄기가 남기는 유언 같은 소리
거기에는 바닥 같은 무게가 깔려 있다
귀가 뚫릴 때까지 말 걸어오는, 나의 내부여!

\>
여행이 끝나도 비는 저 혼자 또 올 것이다
그러므로 귀를 북채로 과거사 따위는 두드리며 놀자
왔던 곳으로 돌아갈 수 없는 그 힘으로,

함석지붕과 길바닥에 나뒹구는 소리까지 제 일 하고 있으니
죽음은 비처럼 몸으로 배상해야 할 것이다

날아온 돌멩이가 창문 밖에 다다랐으니
장소가 아니라 시간이었다

이전이 될 수 없는 나여!

자유의 넓이

바람은 하늘의 도폿자락이 일렁이는 것
천 년을 떠돌다 왔다 해도
파도는 눈에 보이는 증거일 뿐이다

보라, 여기 또 하나의 파랑을 넘어온
아름다운 일기가 있다

가슴으로 별을 마시고
산처럼 큰 자유도 무난히 먹는 방법을 알고 있는

삶의 밀물과 썰물이라는
그 창호지에 그림자가 드리울 때

그때 나의 자유는 더 넓어진다

동네 샘물

일렁이는 모습이 누가 꼭 부르는 것 같다
샘가에서 흔들던 동네 사람들 손짓 같다

그 많던 이야기들 이제 심장에 없고,

그래그래 맞아
맞장구치는 햇살이 정겹게
등에서 노래로 부서진다

그 많던 소리는 다 어디로 갔을까
세월의 강물은 적멸을 향해 빗나가는 법이 없다

고사리, 미나리 씻고 떠난
샘물은 손목도 발목도 없다

콩

농부를 만나면 열매를 맺고
새를 만나면 새가 됩니다

콩은 이어 가고픈 뭔가가 되고 싶은 것입니다

오늘, 그 마음의 결이 기척이 되어
콩밭 너머 할머니 입춘도 못 넘기고 가실까
콩깍지를 자꾸 그쪽으로 기울여 보는데

새소리가 앞산과 뒷산에 고리를 달아
허공에 알 수 없는 그물을 놓으면
탁, 하고 날아간 콩이 마음에 걸려듭니다

마음 가는 곳에 몸 간다고
때가 되면 생각을 한 줄에 꿰어서
할머니 없는 빈집 처마에 걸려 몸을 말리고 싶습니다

이번 가을이 다른 것은 기꺼이 부엌으로 들어간 후
껍질 부의금을 불 위에 우선 눕히고 보는 것입니다

＞
소신공양까지 영역을 넓혔습니다

아궁이 속 툭, 튀는 소리는
콩이 문상하는 소리입니다

그림자

허공에는 누울 자리가 없어
가만히 내려와 언덕에 몸을 두는 잔상 같은 것

꿈의 등에 닿도록 따라가 보면
날개 맛을 아는 나비 꽃 장터에 다녀오듯

나무는 땅에 기대어 살 나의 노래
아침은 어둠을 버리고 그림자를 얻는다

그림자로 잘, 사, 셨, 는, 가?

한 번도 읽지 않은 책처럼 조용한 세상은
사라진 것들을 부르지만

하늘에는 없다
땅속에도 없다

다만, 내 발은 바닥에서부터 생략되었기에
마음을 보여 주기가 두렵다

>

그러니까 들켜도 좋은 용기를 사랑해서
벌건 대낮에도 낮달처럼 옷 벗으라는 삶의 명령을 따른다

그러나 그림자로 산 나는 몸이 없다

문을 여는 곳에 소리가 있듯이
마음을 여는데 어찌 시작과 끝이 없겠느냐고,

예컨대 우편함은 속이 비어야 소식을 받으니
나의 깊이를 경계로 의심을 나눠 가지라 했네

사랑은 그림자처럼 붙어 있어야 하거늘
너는 너를 너무 일찍 포기했다고 나무라기도,

인생에 정답은 없다

어떤 사내가 빈집 같은 가을볕을 오래 바라보다가
집을 떠나서는 오랫동안 돌아오지 않았다
시름 주렁주렁 달린 옥상 쪽방은 세월에 안기든 말든,

사내 없는 옥탑방 처마 끝엔 여전히 낙숫물 내리고
옥상 마당은 물고기처럼 튀어 올랐다

멀리 갈 준비 같은 건 애초에 없었다
고독이 고독을 꿰차고 살림을 차리건 말건 이유라면 단 하나
사내의 눈을 잡아채는 허공의 손 때문이었다

늙어서 가족을 찾은 그 사내에게 딸이 물었다
용서해 드릴까요?

나는 용서해 달라고 말한 적 없다
살얼음을 닮은 그 사내의 눈은 하늘을 보고 있었다

세상은 머무는 사람들이 없는 공항
소풍 갔다 두고 온 곳 같다고 생각했을까?

>
세상은 그를 두고 거리 귀신이 들었다고 했다
그 말대로 다시 그 사내는 새처럼 날아가 버렸다
자리에 연연하는 우리를 이해하지 못하겠다는 듯이,

집인들 수만 리를 돌아와도 다시 떠나야 하는 이를
가정식 백반 한술이 어찌 감당할 수 있으랴

그 사내의 공항에 내리던 눈은
아직도 글썽글썽 내리고 있을 것이다

모닥불 곁에서

도시에서의 믿음, 자본에서 밥이 나온다는 신앙 같은,
또 그것이 만들어 낸 허한 노동은 안녕과 등을 달리해서
문은 열려 있는데 문이 닫힌 새벽 인력시장을 업고 산다

뿌리 내리고픈 것들의 하릴없는 믿음보다
거친 손들을 쬐어 주는 모닥불의 허깨비 몸짓,
그 불꽃으로도 오늘의 온도는 싸늘하기만 하고

늦은 저녁상을 마주하고 앉을 때마다
밥은 원래 눈물이었다는 사실을 기억해 내면
하루 끼니도 안 되는 일당이 목숨값인 걸 알았다

이 땅의 모든 노역이 이렇게 독이 서려 있는데
마음만으로 어떻게 인간이 잘려 나가지 않을 것인가

네 뒤에 내가 있다는 것을 잊지 마라
어깨뿐인 법과 정치는 세상이 낭만적 지옥임을 감추려
고 하니

나무도 풀도 아니지만 올곧은 대나무 같은

노동, 그것을 당간지주 삼아
아우성이 기숙하는 괘불탱화로나 훨훨 나부꼈으면

늘 마음 한구석 엄니 생각처럼 희망 없이,
그러나 절망도 없는 바람이 되어

나 오로지 믿음으로 불 곁에서
곧 사라질 모닥불이라도 환하게, 밝혔으면

바람 타고 내 눈썹에서 일생을 마치는
저, 하얀 투신들의 소신공양처럼,

이름

기도에 빚진 자

기왕이면 세상의 모든 불효자

아무리 조곤조곤 불러도

그 이름은

아들과

딸이다

해 설

사유의 환대와 허공의 문장

권성훈(문학평론가, 경기대 교수)

> 사후死後가 없는 시詩 앞에서는 입을 다물고 산다
> —「소리의 힘」 부분

1

시인은 죽지만 시는 살아서 시인을 말해 준다. 그것은 '사후'에도 시인을 모방하고 대리하고 있는 언어로 살아 있다. 이 언어는 소리 없는 '소리의 힘'으로서 시인이 던지는 문자로 된 사유다. 시인은 이 소리를 잉태하기 위해 세계의 내적 자극으로부터 흔들리는 의미망의 소리를 기호화한 것이다. 말이 소리와 의미의 차원으로 구성되듯이 시 역시 시인의 소리로서 사유를 구현하는 데 쓰인다. 여기서 시가 산문과 다른 점은 바로 언어를 최소화하는 가운데서 생겨나는 운문으로서의 고유한 리듬을 타고 우리에게 온다는 것이다. 그것도 감정 이입을 통해 운문이 내는 소리로서 1:1의 대응 방식이 아닌 외적 발화에서 내적으로 기록된 형상물로서 독자들을 향해 있다. 그렇지만 체험에서 비롯된 사물의 소리를 재현한다고 해서 자연물 그 자체의 소리로 구성되지는 않는다. 인간의 감정을 소리가 아니면 전달하지 못하듯이 문학에서 소리는 문자가 아니면 소통하지 못한다. 이같이 시인의 감정이 소리 대신 문자로 교환되어 의미화되는 과정에서 시가 생겨난다는 것이다.

이번 이정모 시인의 『백 년의 내간체』는 소리에 주목하고 있으며, 이 소리는 외부에서 유입된 체험을 내적으로 감각화해서 보여 주고 있다. 거기에 녹아 있는 시인의 사유는 무의식 작용을 통해 의식적으로 포획된 소리를 물리적인 실체로서의 언어로 담아낸다. 이것은 시인의 음성을 기호화시킨 것으로 어떠한 초월적 기의의 현전으로 간주되기도 한다. 여기서 분명한 것은 문자의 보편성을 지향하는 매체의 암시적인 패러다임 속에서 작동하며 바깥에서 생성된 「소리의 힘」으로서 "소리는 돌아오지 않는 새/ 공중을 타고 노는 지느러미"같이 무의식의 세계에서 의미를 적출해 낸다. 또한 "밖에서 누군가 문을 두드리고 있"듯이 그에게 시는 이러한 소리를 인식하고 찾아가는 과정에서 잉태된다. 분명한 것은 이정모가 발견한 세계의 사유를 구축하는 데서 "여기, 이것이 생인가 끈질기게 존재를 묻는 힘이 있다"는 것이다. 이러한 인식은 새로운 것에서 오지 않고 지나간 시간 속 "수많은 단서들"(「폐사지」)의 흔적을 기표화하는 과정 속에서 출몰한다. 그 매트릭스는 "가고 없는 시간을 돌려세울 수도 없는" 인식의 힘으로서 새겨지고 생산되는데, 여자는 자궁에서 잉태(conceive)하고, 남자는 머리에서 인식(concept)하는 것과 다르지 않다. 남자는 잉태를 하지 못하는 대신에 인식함으로써 잉태의 모방을 대신하는 것이다. 이를테면 시인의 창작물은 생물학적 잉태가 아니라 사고와 직관 속에서 세계를 사유함으로써 또 다른 세계를 창출하는 데 있다. 이정모의 경우 누군가 두고 간 시간들을 찾아 그 시간 속에 남아 있는 음성들을 출산해 낸다. 시인이 폐사지에서 직조하고 있는 것은 "여기에 주춧돌만 남기고/ 여기에 그 많은 귀만 남기고/ 이곳에 햇볕만 남기고/ 이곳에 아련함만 남기고"와 같이 "생도 멸도 없는 것"을 모방하고 있다. 그것은 태어나지 않았기에 사라질 수 없는 근원적 사유로서 생은 육체성을 전제하며 멸은 정신성을 의미하기도 한다.

이정모의 인식은 잉태의 모방이 되는 바, 인식은 인위이고 잉태는 정신이 되는 것이다. 그가 창출해 내는 잉태의 소리는 흘러간 세월에서 남아 있는 시간들에 대한 흔적으로 전파된다. 마치 나이테와 같이, 새겨진 인간 정신의 기록이며 사유의 바탕이 그의 언어이다. "나무는 제 몸에 나이테를 새기지만 물은 제 맘에 나이테를 기록한다"(「물의 나이테」). 거기서 시인은 "둥글게 번지다 다시 감추는 나이테"와 같은 시간의 본질 속에서 "전해 오는 물의 파동과 조용히 소통"하고 있다. 이 파동은 소리로 전달되며 자연의 소리인 "땅속의 물과 벌레의 사연을 둥글게 적어 나간" 것이 그의 이번 시집 『백 년의 내간체』의 특성이라고 할 수 있다. 따라서 그의 시는 "바람이 갈대로 물의 몸에 바늘을 꽂고/ 물결 음반을 돌리"듯이 시간을 초월한 상태에서 외부에서 유입되는 메시지다.

2

이정모 시편에 나타나는 외부 세계의 의미는 환대로서 기능한다. 거기에 언제나 환대는 내부에서 현존한다고 한 자크 데리다는 환대에 대하여 "한계에의, 그보다는 한계들 밖으로의 이러한 과장적인 이행들은 사유 자체만큼이나 우리에게 많은 가르침을 준다. 이 이행들은 발견에서 포착한 것을 우리에 내 주는 것이다"[*]라고 말한 바 있다. 마찬가지로 이정모 시편에서 은유화시키는 메시지들은 자신 내부의 한계를 극복하기 위한 시적 전략으로서의 외부로 향해 있다는 점이다. 이에 현실에서 이상을 바라보며 과거에서 현실을 묘파하며 자연에서 인간의 소리를 잉태하고 모방하여 이행하고 있는 것이다. 이것은 세계에 대한 '사유의 환대'로서 존재하며 자신의 문장이 "숲속을 조금씩 채워 가고 깊이 들어갈수록 영혼의 소리는 더 가깝게

* 자크 데리다, 남수인 역, 『환대에 대하여』, 동문선, 2004, 48쪽.

느껴진다"(「숲은 설계되지 않는다」)고 할 때 분명히 그의 시는
내부에 현존하고 있는 "생명의 근원"을 말해준다. "아아,
얼마나 많은 물결을 흔들어야 숲이 원하는 꽃의 문장은 태
어나는 것일까 온갖 새소리도 이 세계를 끌어당겨 허공을
팽팽하게 긴장시켰으리"처럼.

흔적에 대해서 말하자면 물처럼 치열한 것도 없다.

밤과 아침이 서로 몸을 바꿀 때,
사람과 사랑이 서로를 찾지 못할 때,
그때도 바다는 흰 눈사람을 안장에 태우고 물 위를 달
리는 것을 보았다.

아무도 없는데 바다는 왜 구석으로 헉헉거리며 밤을
주름잡고 있을까
숨이 찬 파도가 물 발자국을 데리고 바람처럼 가볍게
나를 통과하는 연습을 하는 것도 흔적을 남기려는 거다.

같이 가자고 하지 않아 다행이다, 내겐 없는 시간과 물
그러나 나는 결국 바다에 갈 것이고

그 바다는 알 것 같아 몸과 때를 분리하는 신의 한 수
를 물으니

살아간다는 것은 자기로부터 점점 벗어나는 것이다
고수의 초식 같은 말을 빙빙 돌려서 한다.

비명을 물보라 몇으로 잠재우는 흔적의 왕국에서
파도를 맨 처음에 터트린 이여, 이런 방식밖에 없었는가

누구는 이를 꿈이 으깨지는 소리라 부르고
어떤 몸에는 그 날개가 구겨진 주름이라서 연인들은
새처럼 운다
관절에 힘 뺀 빨래도 바지랑대를 잡고 운다

비 오는 날, 내 몸에서 삶의 흔적을 찾는 건 쉽다
몸이 뻐근하지 않으면 평소에 대한 예의가 아니라는 것

그 흘러간 시간도 격이 있다 그 격에 맞게
물에 젖은 것들이 흔적을 남기려 몸으로 붐비고 있다.
—「시간의 흔적들」 전문

　그가 말하는 문장은 꽃이라는 사물과 단어를 연결하는
것이 아니라 의미와 사유를 연결하는 것이다. 그럴 때 언
어는 대상으로부터 해방되어 "흔적에 대해서 말하자면 물
처럼 치열한 것"같이 자유로운 변별적 인식의 차이에 의해
서 사유가 만들어진다. 이로써 당기는 힘이 만들어 낸 결

과로서 시라는 문장의 꽃이 발화된다. 그것도 "밤과 아침이 서로 몸을 바꿀 때, / 사람과 사랑이 서로를 찾지 못할 때" 언어 체계는 소리들의 차이가 결합된 것으로서 현실적인 발화에서 일어나는 생리적인 현상이거나 물질적인 소리가 아닌 내적 심연인 것이다. 자연에서 견인되는 그의 내적 심연은 "살아간다는 것은 자기로부터 점점 벗어나는 것"에서 오며 "파도를 맨 처음에 터트린" 신의 소리를 발견하는 것과 같다. 이 또한 "그 흘러간 시간도 격이 있다 그 격에 맞게/ 물에 젖은 것들이 흔적을 남기려" 하는 신의 비명이며 시인은 그 소리를, 나무가 물을 혹은 물이 나무를 치열하게 흡수하듯이 문자로 새기고 의미로 파도치게 하는 것이다.

이같이 시를 이루는 문장들은 존재 내면에 있는 소리를 외부를 통해 출산시킨 정신적 기호로 이정모 시는 소리를 초월하는 소리를 담고 있다. 그의 시에서 기록된 것은 더 이상 언어와 같은 대상의 기의를 담은 문자가 아니라 억압으로부터 풀려나는 무의식의 세계에서 떠다니는 시니피에에 섞여서 나오는 신호다.

자세히 보면 안다지? 마음은 제 아픔을 숨기는 집이지만 정말로 자기를 보여 주고 싶으면 몸으로 시작한다는 것을, 이 말에는 춥고 황량한 인생길에서 삶을 알고 싶으면 같이 동행해 보라는 비의가 있다. 갯벌에 빠진 사람은 어디든지 있다. 아무렴, 슬픔은 잠시 있다 가는 것이라 한

들 생의 어떤 길에서든 우리는 서로의 상처, 그 아픔으로
내가 낫는 소중한 삶의 배려인 것이니, 단지 행동으로 침
묵하라 마음이 말하는 이 나라를 나는 무엇이라 불러야
하나? 삶을 벗겨 보면, 생의 꼭 어느 대목에서는 약한 것
이 강했으며 훈장 같은 흉터는 스스로를 강하게 진화시킨
증거이고 상처를 묻은 봉분임을 나는 아는데

—「바람은 묻지 않는다」 부분

　그가 소리로써 구현하고자 하는 것은 마음속에 봉인된
'생'을 벗기고 '침묵'과 함께 남아 있는 '슬픔'과 '상처'와 같은
'비의'를 드러내는 것이다. 그렇지만 이러한 '비의의 소리'
는 그의 시편에서 부끄러움이 아니라 "훈장 같은 흉터"라
는 사실이다. 때로는 그가 이러한 존재에 대한 내적 심경을
"굳이 그 마음에 이름을 붙여 불러 준다면/ 가슴 언저리에
있는 저것을, 차라리 냄비라 부르자"(「전략적 팻줄」)라고 현
학적으로 보여 주기도 한다. 이 냄비는 「한 생이 건달」에
서도 "그중에서도 사람으로 태어나 좋은 점은, 상처를 받
는 것이고/ 그 사랑을 근신하라고 다시 같은 상처를 받는,
가슴 언저리/ 저것을, 차라리 냄비라 부르자"라는 문장처
럼 모든 것을 그 크기에 따라 받아 주는 중심의 주변부라
는 것을 의미한다.
　그것은 「모래시계」에서 "빗장을 질러도 알 수 있는 게 마
음다워지는 것이고 모래도 때로는 마음이라는 손을 갖는
다는 것이, 그리고 마음을 아무리 뿌려도 끝을 측량할 수

도 없는 공중처럼 사색의 종점은 예측할 길 없는 수만 가지 길 위에 있었다"같이 측량 없는 마음 속 상처인이 흉터는 시인 내면에서 '진화된 증거'로서 존재하기도 한다. 이 진화된 증거는 시에서 발효된 언어로서 백 년을 지켜온 '정자'처럼 "묵객의 발소리에" 띄운 "운을" 기억하고 있기 때문이다. 거기에 "당당하여 속 깊은 향기를 공중의 붓에 묻혀 백 년의 사연을 내간체로 쓰고"(「백년의 내간체」) 있는 "글썽임의 보폭으로 착지하는 댓잎 하나. 저것은 바람으로 머리의 붕대를 풀고 나는 새다. 갈 데라곤 바닥뿐인 저 잎을 태연히 받아 주는" '허공의 내간체'를 주시하고 있다. "더욱이 어떤 형태도 보여 주지 않고 끊임없이 저항하는 이미지들의 행렬"이 바로 허공의 내간체이며 "시간에 목매는 풍경과 사람들의 애처로움"을 담아내는 것이 그의 시정신이다.

3

그는 세계의 소리를 「관찰자 효과」에서 3인칭 관찰자로서 "강물을 앞세우는 심정으로 다시 들으니 나를 두드리는 가슴의 탁란을 듣게 되었다. 이 소리를 들어 보았는가, 이슬이 비친다는 말, 목숨이 살을 분별하여 세상에 내어 놓는 방식"의 말을 전하기도 하고, "얼어 가는 슬픔 하나 소리도 없는데/ 이 밤을 지키는 건 깊은 그늘의 주름"(「하얀 어둠)으로 '백색 사원의 밤'을 불 밝히면서 "각자 제 꼴대로 문체가 된 바람의 힘줄"(『구름 공간』)로 부터 "저기, 고요에 깎이고 있는 메아리처럼 돌아와야 한다. 그가 친 그물은 우주의 몸이 현현한 것"이라는 시적 사유를 보여 준다.

숲속에 나무 의자 하나 버려져 있다
새 한 마리 날아와 지저귀니
부러진 다리가 쑥쑥 자라나고 잎이 나고 꽃도 피운다

알겠다, 의자가 사라지고 숲의 일가로 남은 후
얼마나 자주 햇살의 마음이 다녀갔는지, 또
숲이라는 의사가 어떻게 의자의 급소를 찾았는지를,

마침내, 생경이라고는 한 잎도 없는,
꽃 떨어진 곳에서 다시 시작하는 푸른 목숨들과
서먹함을 싫어하는 햇볕이 생명과 타협을 한 것까지

말하자면, 아침의 긴 햇살을 끌어오는 숲의 근육이
버려져 있던 의자에 해의 비늘을 심기 위해
햇살 한 가지를 꺾어 생명에 접붙인 것이다

숲은 부활한 생명을 필사하는 유전자의 집,
햇볕의 세례를 주는 선지자의 집

144

그러므로 햇살은 태초의 말씀
숲에 닿는 것만으로 생명이 수정되는 곳

생명의 머리에 붓는 저 빛을 따라가면
나무 의자 하나 숨통 열었던 곳이 있을 것이다

나는 너에게 갈래

숲이 다가와 태고의 말을 트자
숲의 이름으로 의자가 내게로 왔다

—「숲의 비밀」 전문

    비밀은 아직 드러나지 않은 감추어진 진실로 외부에 유출되는 순간 파기되며 확산되는 성격을 가진다. 비밀에는 두 가지 방향성이 있는데 하나는 비밀을 지키고자 하는 것과 비밀을 찾아내려고 하는 것으로 구분된다. 이 시에서 숲속이 아름다운 것은 신비한 속성을 가지고 있기 때문이다. 그것은 '버려진 나무 의자의 부러진 다리에서 잎이 나고 꽃도 피우는 것'처럼 아마도 생각하지 못한 것을 발화시키는 상상력에서 발생한다. 원래 의자는 나무로 된 것으로 이 나무는 숲속에서 생성되었다는 근원적 질서를 추궁하며 나무를 숲속으로 돌려보내는 것이다. 바로 "의자가 사라지고 숲의 일가로 남은" 것이 그것이며 "햇살의 마음"을 비추면서 "의자의 급소를 찾았는지"와 같이 생명성을 주입하고 있다. 그의 시는 이러한 생태적 상상력을 통해 "꽃 떨어진 곳에서 다시 시작하는 푸른 목숨들"을 키워내면서 "숲은 부활한 생명을 필사하는 유전자의 집"이며 "햇볕의 세례를 주는 선지자의 집"이라는 사실을 각인시킨다. 거기에 "나무 의자 하나 숨통 열었던 곳"의 숨소리를 인식하며 "숲이 다가와 태고의 말을" 걸었던 현전성을 부과하고 있다.

그의 시적 사유의 근간을 이루고 있는 "맑고 투명한 문장"(「새」)은 "온몸 다 주고 흔적으로 남는" 생명성을 담보로 "빛과 어둠의 사이, 경계란 넘나들기 위한 것"(「어둠 속으로」)이라는 것을 안다. 이를 위해 시인은 "오! 우리의 한 생도 그 반은 어둠이니, 저문 숲에 기대어/ 까맣게 물들어야 살 수 있는 밤새 같은 운명"(「뼈는 질문하지 않는다」)적인 삶을 살아가며 자신이 잉태하고 출산한 "그 기호가 생명이 되고 온도를 다른 삶에 전하"길 바란다. 그것도 적정한 '가슴의 온도'를 유지하면서.

꽃이 지는 것이 서러우면
꽃을 그대 마음에 심어야 한다

마음에 심은 꽃은 그것을 기억하는
그대가 있는 한 영원할 것이지만

몸 지고 나면 마음 또한 진다고
가야 하나 말아야 하나 걱정하더니 글쎄

저 물, 적시고 보는 게 먼저인 듯
마음 한 귀퉁이 속에서 촉촉하게 나를 건너갔다

닿아야 할 곳은 꼭 닿아야 한다더니
기어이 물살은 흘러 향기를 냅다 공중에 퍼질러 놓았다

함부로 생각하지 마라
꽃은 대가를 치러도 좋다고 향기로 남은 것 아니다

꽃의 근원, 물은 기울기의 질긴 근육으로 가는 것이고
물이 되고 싶은 나도 낮은 곳의 힘으로 가고픈 것이다

향기를 퍼뜨릴 수는 없으나
어떤 속임수도 비법도 없는 물 같은 걸음으로,

그러므로 내 시의 끝은 물의 은유를 아는 것이고
바닥을 짚고 흐르는 물처럼 인생에 시도 같은 건 없다고,
한번 해 본 것은 이미 지나간 것이라고,

그러므로 넘어야 할 선線이 있으면 단번에 넘을 것이다
제 몸을 밀치고 조용히 나아가는 물처럼,

비명을 지르는 것은 바람이나 하는 일이라
ㅡ「물의 은유」 전문

한편 그의 시는 사라져 가는 것들을 기억하고 기록하는
데서 머물러 있지 않고 그것을 재생시키려고 하는 부활 의
식이 강하다. "꽃이 지는 것이 서러우면/ 꽃을 그대 마음
에 심어야 한다"는 언표와 같이. '마음에 심은' 것들은 시
들지 않는다는 의식 속에서 "몸 지고 나면 마음 또한 진
다"는 테제를 전복시키기도 한다. 그러면서 "물은 기울기
의 질긴 근육으로 가는 것이고/ 물이 되고 싶은 나도 낮
은 곳의 힘으로 가고픈 것"이라는 진테제의 화두를 풀어
놓는다. "그러므로 넘어야 할 선線이 있으면 단번에 넘을
것이"라는 통찰이 생겨나는 것이다. 그것은 「문밖의 말」로
서 "빗줄기가 남기는 유언 같은 소리/ 거기에는 바다 같
은 무게가 깔려" 있는 그가 발견한 근원적인 '유언의 무게'
를 파고든다.
　그는 "물질은 사람의 힘으로 하는 게 아녀/ 물의 힘으
로 하는 거지"(「등 이야기」). "사랑과 죽음뿐인 인생에 고독
한 벽마저 없다면 운명은 어디서 배우며 또 내 안의 자유
는 어디서 움트랴"(「벽에 대하여」)와 같은 세계의 통찰을 보
여 주며, "인생이란 시간이 채워야 할 허무의 풍선"(「삶의 어

원)이므로 "당신 몸에서 일어나는 일을 당신이 모르듯이/
정원이 짓는 가슴의 집"(「정원사」)은 곧 이정모 시의 결기로
점철되어 있다.

물론 "시대를 사랑하지도 헤어지지도 못하면서/ 허망을
말하던 입으로 문장의 진부함을 탓했으나/ 그것은 탐욕으
로 흐르는 내 것이었고"(「허공이 하는 일」)라는 삶의 성찰이 그
의 시편에는 내장되어 있다.

4

중심 없는 것들은 늘 지분을 고집한다
의지가 없기에 타인의 인정이 필요한 것이겠지

잘 들키게 하는 법이 따로 없다
마음에 여백이 없다면, 지금의 내가 꼭 그 짝이다

때로는 사람이 그립던 세상의 길목에 서서
수의처럼 낯선 관계를 꺼내어 보면

여백이란 물들지 못하는 사람이
제가 제 벽에다 대고 말을 고백하는 곳이라는 생각
몸이 감히 손댈 수 없는 곳이다

내 장기의 엑스레이 사진과 다르지 않다

제 모습을 가지지 못하지만
지금 막 구워져 나온 빵처럼 고맙다

보리굴비의 맛을 몰랐다 해도
억울할 것 하나도 없다는 말이다

인생에도 맛이 있다는 걸 고집해도
이런 여백에는, 물리지 않을 듯하다
—「여백에 대하여」 전문

아무것도 없는 여백은 수많은 것들이 깃들여 있다는 점에서 무엇이든 될 수 있다. 이러한 가능성은 오히려 "중심 없는 것" 속에서 관계하며 중심이 없으므로 어떠한 것이든 중심이 된다. 그렇지만 이미 채워진 공간에서는 여백이 작동하지 않기에 "마음에 여백이 없다면" 그 속을 파고들지 못한다. 시인은 이러한 "여백이란 물들지 못하는 사람이/ 제가 제 벽에다 대고 말을 고백하는 곳이라는 생각/ 몸이 감히 손댈 수 없는 곳"이라고 명명한다. 몸이 통과하지 못하는 그의 여백은 "장기의 엑스레이 사진"과 같이 내장되어 있으며 그것은 시편과 같이 언어로 인화했을 때 비로소 사유화되며 인지하게 되는 것이다. 따라서 그의 여백은 보이지 않는다고 없다는 것이 아니라 내재적으로 존재하는 것으로 채워져 있다.

이러한 여백은 그의 시에서 틈 속에서 발화되는 소리로 통한다. 모든 것은 벌어진 곳에서 나온다는 점에서 틈이 없이는 아무것도 생산되지 못하며 어떠한 존재도 될 수 없다. 그것은 존재자가 지닌 "숨과 숨 사이에 거리"(『절실한 것은 벗고 있다』)로서 존재하며 이러한 존재는 '숨소리' 안에 자신을 숨기고 있다. 시인은 그 안에 숨은 의미를 찾아가는 존재로서 하나의 '창'에 집중하여 "최대한 가슴을 넓혀 오래도록 풍경을 받아들"일 때 그 속을 탐구할 수 있다. 이 또한 틈새로 생겨난 "여백의 한 호흡"을 감지하는 것으로 '고요한 경건'으로서 "세상에 변하지 않는 것은 없다고, 사라지는 튼튼한 모든 것의 틈을 찾아"가는 시인의 역할이 된다.

위와 같이 이정모 시편은 외부 세계의 환대로서 특정 지을 수 있으며 그것은 내부와 외부의 균열된 틈에서 비롯된 '여백의 소리'로서 기능한다. 물론 이 여백의 소리는 환대의 의미로 감각화되어 조직된 언어로 스며 있다. 그의 이러한 사유는 세계와 사물, 그리고 인간과 자연에 대한 성찰과 통찰로서 구성된 물리적인 실체로서의 음성을 기호화한 것이다. 그러므로 소리가 허공에서 허공으로 전달되듯이 어떠한 보이지 않는 것들의 현전으로서 한계를 넘나들고 있다. 이 한계는 한계들 밖으로 시라는 은유로서 도

달하며 '사유의 환대'를 보여 준다. 따라서 이정모 시인의 시 편들은 허공이라는 무궁한 여백에 자신의 영혼을 걸어 놓고 지나가는 시간과 세계를 바라본다. 그것은 태어나지 않았기에 사라질 수 없는 근원적 사유로서 "허공은 얼마나 깊나?"(「가을의 날개」)라고, 허공의 고요한 소리를 묵도하는 것과 다르지 않다.